WATCHERS

Rewind – Adams letzte Chance

© Marion Ettlinger

Peter Lerangis wurde 1955 geboren. Er studierte Biochemie in Harvard und arbeitete acht Jahre lang als Schauspieler, bevor er sich dem Schreiben zuwandte. Unter seinen über hundert Werken finden sich Filmbücher, Thriller und mehrere Serien für Jugendliche. Vor allen Dingen wurde er durch seine Buchadaptionen von »Sixth Sense« und »Sleepy Hollow« bekannt – ein Meister des Genres.

Heute lebt er mit seiner Frau und seinen zwei Söhnen in New York City. Von Peter Lerangis ist außerdem in der Reihe *WATCHERS* erschienen: *Spurlos verschwunden* (CTB 185).

Peter Lerangis

WATCHERS

Rewind – Adams letzte Chance

Aus dem Englischen von
Johanna Ellsworth

CARLSEN

Deutsche Erstausgabe
Veröffentlicht im Carlsen Verlag
Oktober 2002

Published by arrangement with Scholastic Inc.
Die amerikanische Originalausgabe erschien 1998 unter dem Titel
»Watchers Rewind« bei Scholastic Inc., New York
Dieses Werk wurde vermittelt durch die
Literarische Agentur Thomas Schlück GmbH, 30827 Garbsen

Umschlagbild: Jan Köpke
Umschlaggestaltung: Doris K. Künster / Britta Lembke
Corporate Design TB: Dörte Dosse
Lektorat: Inga Dwenger
Satz: H & G Herstellung, Hamburg
Druck und Bindung: Elsnerdruck, Berlin
ISBN 3-551-35186-4
Printed in Germany

Für Bethany,
der ich unendlich dankbar bin

WATCHERS
Aktenzeichen: 6791

Name: Adam Sarno

Alter: 14

Erste Kontaktaufnahme: 54.35.20

Aufnahme:

Sie sind weg.

Es wird Zeit.

1

Adam fror. Er fror und war allein.

Die Dunkelheit hatte den Wald verschluckt. Der Weg war immer schwerer zu erkennen.

»Hey, wo seid ihr?«

Die Worte wurden vom Tosen des Nordwinds im Keim erstickt. Die Äste über seinem Kopf schwankten stürmisch im Mondschein hin und her und knarrten wie mürbe alte Knochen.

Das war eine blöde Idee, Sarno.

Hätte er sich bloß nicht darauf eingelassen, Laser-Jagd zu spielen. Schon gar nicht hier. Schon gar nicht zu dieser Jahreszeit, in der die Erinnerungen so übermächtig waren.

Adam bemühte sich, nicht an das zu denken, was geschehen war. Es war schon vier Jahre her. Er musste endlich darüber hinwegkommen. Schließlich konnte er nicht sein ganzes Leben lang dem See aus dem Weg gehen.

Ein *dumpfer* Schlag.

Vor Schreck blieb ihm fast das Herz stehen.

»Ripley?«, rief er. »Lianna?«

Keine Antwort.

Vielleicht versteckten sie sich vor ihm. Hörten seine

Rufe. Lachten über den Ton in seiner Stimme. Er klang ängstlich. Eingeschüchtert. Typisch *Adam.*

(Adam ist ein Schwächling ...)

Vielleicht waren sie auch schon weg. Vielleicht waren die Turteltauben längst weggeflogen ohne ein Wort zu sagen.

Okay, macht nichts.

Kein Problem.

Ich kenne mich im Wald aus.

Ich bin nur zehn Blocks von zu Hause weg.

Er hängte sich das Laser-Gewehr über die Schulter. Rechts von ihm verschwanden die Bäume in der Dunkelheit. Links von ihm spähte der Mond durch die Bäume und warf ein schwaches Licht auf einen Trampelpfad, der zum See führte. Adam konnte am Ufer entlang bis zu der großen Lichtung gehen, auf der er sein Fahrrad abgestellt hatte.

Nein.

Halte dich vom See fern.

Er ignorierte die innere Warnung. Schließlich war er jetzt älter. Zu alt, um sich zu fürchten.

Es war doch nur eine Erinnerung.

Erinnerungen konnten einem nicht wehtun.

Während er sich mühsam zum See vorkämpfte, schlug sein Herz immer schneller.

Sogar im schwachen Mondschein konnte er die Warnschilder entziffern: VORSICHT! DÜNNE EISDECKE! BETRETEN STRENG VERBOTEN!

Adam warf einen Blick hinter die Schilder. Der See wirkte unfreundlich und bedrohlich.

Das letzte Mal, als er auf dem See gewesen war, hatte es noch keine Warnschilder gegeben. Man hatte sich aufs Eis wagen können, ohne dass sich irgendeiner darum geschert hätte.

Doch das war schon vier Jahre her. Es war an einem Nachmittag im Januar gewesen.

An jenem Tag hatte er sich auf den See gewagt. Um Eishockey zu spielen.

Denk nicht mehr daran. Geh in die andere Richtung.

Doch Adams Blick blieb an einem entfernten Punkt auf der verschneiten Eisfläche hängen. Er war auf gleicher Höhe mit einer Gruppe von Kiefern, die am anderen Ufer wuchsen.

Dort war es passiert.

Lianna war dabei gewesen. Sie war zusammen mit –

Hör auf damit.

Mit Edgar gekommen.

Edgar wollte nicht Eishockey spielen. Ich habe ihn gezwungen.

Sie waren zu zehnt gewesen. Das Hockeynetz war schwer und keiner hatte Adam geholfen, es aufzustellen. Edgar fuhr Schlittschuh, ärgerte Adam *(um Lianna zu imponieren)*, forderte ihn heraus, sich den Puck zu holen, kurz und gut: Er führte sich wie ein Vollidiot auf und *(am liebsten hätte ich ihn umgebracht)* das war's doch, nicht wahr, das war der Grund für die Prügelei *(es war nicht meine Schuld)*, und als sie Edgar aus dem Loch zogen, hatte er eine große Beule am Kopf *(weil er mit dem Kopf aufs Eis geschlagen war)*. Doch Adam konnte sich nicht mehr daran erinnern, weil er auch ins Wasser gefallen war und das Bewusstsein verloren hatte. Und wenn Lianna nicht gewesen wäre, wäre auch er ertrunken, was sowieso sinnvoller gewesen wäre. Denn was hatte der arme Edgar verbrochen, um das zu bekommen, was er bekommen hatte: einen tödlichen Schlag auf den Kopf von seinem angeblich besten Freund?

Es war nicht meine Schuld.

Und das Nächste, an das Adam sich erinnern konnte, war, wie er im Krankenhaus geschrien hatte *(Edgar! Edgar!)*, während die Ärzte sich am Kinn gekratzt und ihm gesagt hatten, es sei nicht seine Schuld *(dabei hatten sie es nicht gesehen, Lianna war die Einzige, die es gesehen hatte)*. Von dem Tag an war alles anders geworden, er konnte sich auf nichts mehr konzentrieren und die anderen in der Schule mieden ihn – doch das Gerücht hielt sich hartnäckig *(Adam hat Edgar umgebracht, hat ihm auf den Kopf geschlagen, ihn ins Eisloch gestoßen und dort ertrinken lassen)*, dieses Gerücht, das er ignoriert hatte, obwohl *es stimmte, nicht wahr*?

Hör auf damit.

Er fing an zu rennen. Er rannte weg vom See. Blindlings. Sein Lasergewehr und seine Jacke blieben an Brombeerbüschen hängen, doch es war ihm egal. Er musste weg von hier. Er musste nach Hause.

Aber wo bleibt Edgar? Ich kann Edgar nicht hier zurücklassen.

Die Gedanken verfolgten ihn. Quälten ihn.

Edgar ist tot.

Tot. Tot. Tot.

»Hilfe!«

Adam blieb wie angewurzelt stehen.

Die Stimme war hinter ihm.

Sie klang wirklich. Sie war laut. Als würde sie die Zeit durchdringen.

»Adam, hilf mir!«

Das ist bloß Ripley, du Blödmann. Das ist Ripley, nicht Edgar.

Hastig drehte Adam sich um.

»Adaaaaaam!«

»Oh Gott ...«, murmelte er.

Es war *nicht* vorbei.

Es passierte in diesem Augenblick.

Noch einmal.

Gleich haben wir ihn.

Wenn er sich nicht vorher selber eine Falle stellt.

2

»ICH KOMME!«

Adam rannte, so schnell er konnte. Er raste an den See und sprang über Wurzeln und Steine.

»Ripley! Wo bist du?«

»Stirb, du Blödmann!«

Der grelle Lichtschein blendete ihn.

Schritte. Jemand rannte auf ihn zu.

»Oh Mann. Alles okay?«

Blinzelnd stand Adam auf. »R-Ripley?«

Ripley Weller beugte sich über ihn. Seine Laserscheibe schimmerte matt auf seiner Brust. »Warum hast du so geschrien?«

»Ich dachte – ich dachte, du bist – du hast doch um Hilfe gerufen –«

»Hast du echt geglaubt, ich sei in Schwierigkeiten?« Ripley grinste und faltete die Hände über seiner Brust. »Ach, *Adam*, ich hab gar nicht gewusst, dass ich dir so viel *bedeute*.«

Er lebte. Er war gesund und munter.

Und derselbe Idiot wie immer.

»HÄNDE HOCH!«

Ripleys Grinsen verschwand. Er packte sein Gewehr und drehte sich auf den Fersen um.

Zu spät. Es war ein Volltreffer. Mitten auf seine Laserscheibe.

»Juhuuu!« Zwischen den Bäumen tauchte Lianna Frazer auf und ballte triumphierend die Fäuste. »Sieger und neuer Champion von Vermont!«

»Es war Pause«, sagte Ripley. »Adam war verletzt.«

»Klar doch. Ich hab dich getötet!« Lianna wandte sich an Adam. »Adam, du bist mein Zeuge. Ich habe ihn umgebracht, stimmt's?«

Ihn umgebracht.

Adam klapperte mit den Zähnen. »Ich glaube ja.«

Ripley warf Adam einen entrüsteten Blick zu. »Herzlichen Dank. Du bist doch *immer* ihrer Meinung, Sarno.«

»Bloß wenn ich Recht habe«, gab Lianna zurück.

»Liannas persönlicher Sklave.« Mit zwei verschieden hohen Stimmen sagte Ripley höhnisch: »Schönes Wetter heute, Adam.« – *»Ja, Lianna.«* – »Machst du meine Hausaufgaben für mich, Adam?« – *»Okay, Lianna.«* – »Springst du auch für mich von der Klippe?« – *»Sofort, Lianna.«*

»Ach, hau ab, Weller.« Lianna wandte sich ab, warf Adam einen kurzen Blick zu und ging.

Sag was. Steh nicht so blöd da.

Die Worte überschlugen sich in Adams Kopf. Worte der Verteidigung. Beleidigungen. Doch es waren lahme Worte. Ripley würde sie lässig beiseite wischen.

»Hey, ich mache dir ja keinen Vorwurf«, sagte Ripley und grinste höhnisch. »Schließlich hast du es ihr zu verdanken, dass du jetzt kein Klappergerüst auf dem Grund des Sees bist, so wie Wie-hieß-er-noch.«

Wütend drehte Lianna sich um. »Klappergerüst?«

»Wasserleiche, was auch immer«, erwiderte Ripley verunsichert.

»Rede. Nie wieder. So. Über ihn. Verstanden?« Mit jedem Wort kam Lianna einen drohenden Schritt näher und drängte Ripley mit dem Rücken an einen Baum.

»Es war nur ein Witz«, protestierte Ripley.

Lianna kam ihm mit dem Gesicht bedrohlich nahe. »Edgar ist damals ertrunken. Er war Adams bester Freund. Damals hast du noch nicht hier gewohnt. Du weißt ja gar nicht, was wir durchgemacht haben. Ich gebe dir den guten Rat, *die Klappe zu halten.*«

»Okay.« Ripley nickte nervös und verdrückte sich.

Adam zwang sich, den Mund wieder zuzumachen.

So hatte er Lianna noch nie erlebt.

Sie hat mich verteidigt.

Die mutige Lianna hat den Schwächling Adam gerettet.

Das werde ich mein Leben lang zu hören kriegen.

»Danke«, murmelte er.

Doch Lianna schenkte ihm keine Beachtung. Sie starrte auf den See. Im Mondschein sah Adam, wie sich ihre Gesichtszüge plötzlich anspannten.

Es war nur eine winzige Veränderung, eine Veränderung, die niemand wahrgenommen hätte. Niemand außer Adam.

Sie dachte daran.

An den Unfall.

»Am Samstag ist es vier Jahre her«, sagte Adam leise.

Lianna warf ihm einen Blick zu.

»Ich weiß, es ist verrückt«, fuhr Adam fort, »aber als ich Ripley schreien hörte, dachte ich, es sei Edgar.«

Lianna nickte und wandte sich um. »Lass uns gehen, Adam. Was vorbei ist, ist vorbei.«

Sie lief weg; ihre Schritte hallten in der kalten, trockenen Luft.

Adam warf einen letzten, verstohlenen Blick auf den See.

Es war nur ein See. Ein Gewässer.

Der Rest war nichts als Erinnerungen. Hirnwellen.

Sonst nichts.

Lianna verließ nun den Uferpfad und bog auf den schmalen Weg ab, der zur Lichtung führte.

Adam rannte hinterher, um sie einzuholen. Doch als er den Weg betrat, stolperte er über etwas.

Er stürzte zu Boden. Ein kleiner Rucksack hatte sich um seinen Fußknöchel gewickelt.

»Warte auf mich!«, rief er.

Er zog den Riemen weg. Der Rucksack war klein, aber schwer.

Einen Augenblick später kamen seine beiden Freunde angerannt.

»Igitt! Töte ihn, bevor er sich vermehren kann!« Ripley stieß sein Lasergewehr durch die Schulterriemen des Rucksacks und hob ihn auf.

»Lass ihn liegen«, sagte Lianna.

»Auf keinen Fall«, gab Ripley zurück. »Wir sehen nach, ob ein Ausweis drin ist. Damit wir ihn dem Besitzer zuschicken können.«

»Du meinst wohl anonym, was? Und minus ein paar Wertsachen?« Lianna riss den Rucksack von seinem Gewehrlauf.

»Gib ihn her!«, protestierte Ripley. »Wer ihn gefunden hat, darf ihn behalten.«

»Adam hat ihn gefunden«, erinnerte Lianna ihn.

»Ach, und der wird nichts klauen, nicht wahr?«, fragte Ripley verächtlich. »Weil er so gut erzogen ist.«

Raus hier.

Es war höchste Zeit, aus dem Wald zu verschwinden. Diese Diskussion war lächerlich. »Hör zu, es ist mir egal. Nimm du ihn, Ripley. Es macht mir nichts aus.«

Lianna drückte Adam den Rucksack in die Hand. »Es sollte dir aber nicht egal sein, Adam«, sagte sie müde. »Kämpf endlich mal für das Richtige.«

Mit diesen Worten gingen Ripley und sie auf die Lichtung zu.

Den Rucksack umklammernd folgte Adam ihnen.

Er kam sich sehr klein vor.

Er hat sie.

Hoffentlich weiß er etwas damit anzufangen.

3

Ripleys Haus.

Es fiel Adam immer noch schwer, das Haus so zu nennen.

Die Wellers bewohnten es seit dreieinhalb Jahren. Sie hatten die Fenster erneuert. An das Haus angebaut. Die Auffahrt erweitert und den Garten neu bepflanzt.

Doch Adam sah es noch so, wie es vorher gewesen war. Die Mauer, die Edgar und Adam gestrichen hatten. Edgars Basketballkorb, der noch an der Garage hing. Die Umrisse des Namens HALL, der vom Briefkasten entfernt worden war.

Für Adam war es immer noch Edgars Haus.

Selbst jetzt, als Ripley die Auffahrt hinauffuhr, stellte Adam sich vor, dass es sein alter Freund war, der dort stand und zum Abschied winkte.

Hör auf damit.

Was vorbei ist, ist vorbei.

Lianna und er winkten zurück und fuhren auf ihren Rädern davon.

»Tut mir Leid, dass ich dich vorhin angeschrien habe«, sagte Lianna.

»Na ja, Ripley hat viel mehr abgekriegt als ich.«

Adam lächelte. »Ich wusste gar nicht, dass du immer noch so ausflippen kannst.«

»Als er das über Edgar gesagt hat, bin ich ausgerastet. Vor allem nachdem *du* gesagt hast, du hättest Edgars Stimme gehört.«

»Ich hab ihn nicht nur gehört«, erwiderte Adam. »Ich hab auch geglaubt den Unfall zu *sehen*. Es war wie eine Rückblende.«

»Das ist seltsam, Adam.«

»Ich habe auch immer noch Albträume. Dauernd. Ganz deutliche, in denen alles so wirklich erscheint.«

Lianna sah ihn fragend an. »Alles?«

Nein.

Nicht alles.

Edgars nerviges Verhalten. Der Lichteinfall der Sonne und der Geruch, der in der Luft lag. Das Gewicht des Netzes. Wie unheimlich Edgar ihn gereizt hatte.

Danach wurde der Traum immer verschwommen. Nur noch Traumfetzen.

Sogar die Prügelei war wie ein Nebel.

Die Prügelei, mit der alles angefangen hatte.

Ich war ein Hitzkopf. Damals konnte ich mich nicht beherrschen.

»An die Prügelei kann ich mich nicht mehr erinnern«, sagte Adam. »An den Unfall auch nicht.«

Lianna atmete hörbar aus. »Du Glücklicher. Ich wünschte, ich könnte es vergessen.«

Nach dem Unfall hatte Lianna ihm erzählt, was passiert war. Sie hatte es auch den Fernsehsendern und den Zeitungen erzählt. Adam hatte alle Artikel aufgehoben. In den vergangenen Jahren hatte er sie Hunderte Male gelesen und versucht sich zu erinnern. Das freizusetzen, was er verdrängt hatte.

Die Eisdecke brach auf. Edgar fiel hinein. Der Riss im Eis breitete sich bis zu mir aus. Ich wollte wegrennen, doch ich war nicht schnell genug. Lianna versuchte uns beide zu packen. Edgar schlug wie wild um sich und zog sie beinahe ins Wasser. Aber ich rührte mich nicht. Ich war bewusstlos. Also zog sie mich raus und rannte weg, um Hilfe zu holen. Der Krankenwagen kam und brachte Edgar und mich ins Krankenhaus. Aber da war Edgar schon ...

Lianna sah ihn besorgt an. »Du gibst dir doch nicht etwa immer noch die Schuld daran, oder?«

»Ich hätte nicht so wütend auf ihn werden dürfen«, erwiderte Adam.

»Adam, jeder wird mal wütend. Das macht uns noch längst nicht zu Mördern.«

Frag sie lieber nicht. Beschwör es nicht herauf –

Die Worte sprudelten aus ihm heraus. »Habe ich ihn auf den Kopf geschlagen, Lianna? Hatte er deswegen eine Beule?«

Liannas Miene verdüsterte sich. »Das war nur ein *Gerücht*, Adam. Vergiss es. Darüber nachzudenken ist Zeitverschwendung.«

»Was hab ich eigentlich getan? Habe ich wenigstens versucht ihn zu retten –?«

»*Adam, bitte lass das!* Glaubst du, es fällt mir leicht darüber zu reden? Sei *froh*, dass du dich nicht mehr daran erinnern kannst.«

Sie sagt nicht, ich hätte es nicht getan.

Jetzt standen sie vor Liannas Haus. Sie bog die scharfe Kurve zu ihrer Auffahrt ab.

Adam drückte auf seine Handbremse und drehte um. Sein Fahrrad glitt unter ihm weg. Er stellte ein Bein auf den Boden, um nicht das Gleichgewicht zu verlieren.

Der Rucksack, den er über seine Laser-Ausrüstung gehängt hatte, rutschte ihm von der Schulter und fiel mit einem metallenen Geräusch auf die Straße.

Lianna drehte sich um. »Trampel«, sagte sie grinsend.

Bevor Adam reagieren konnte, kam sie angefahren und hob den Rucksack auf. Sie balancierte ihn auf der Lenkstange, machte den Reißverschluss auf und steckte die Hand hinein.

Dann holte sie eine kleine Videokamera heraus.

Na toll. Es musste natürlich etwas Wertvolles sein.

»Fummle nicht daran herum«, sagte Adam.

Doch Lianna drückte schon auf die Tasten und schaute durch den Sucher. Das rote Licht über der Linse leuchtete auf.

»Kein Bild«, sagte Lianna und gab ihm die Kamera zurück. »Du hast sie kaputtgemacht.«

»Jetzt wird der Besitzer mich verklagen.«

»Er wird froh sein, dass jemand sie gefunden hat.« Lianna gähnte. »Mach dir keinen Stress, Adam. Du machst dir zu viele Sorgen.«

Während sie ihre Auffahrt hinaufradelte, schaute Adam durch den Sucher.

Plötzlich lief die Kamera. In gewisser Weise. Ein verschwommenes Bild der Straße tauchte vor seinem Auge auf.

Er stellte den Sucher ein. Das Bild wurde schärfer, doch die Straße wirkte ganz verwaschen. Die Autos, Bäume, Häuser – alles sah aus, als würde es unter einer weißen Schneedecke liegen.

Vielleicht kann man sie reparieren.

Adam steckte die Videokamera wieder in den Rucksack, hängte sich beide Taschen über die Schultern und radelte die Straße entlang.

Morgen würde er sich darum kümmern.

Hat er es gesehen?

Das muss er.

Warum hat er dann –?

4

»Morgenstund hat Gold im Mund!«

Dad.

Adam blinzelte.

Jetzt war er wach.

Die letzten Szenen seines Traums hingen noch in seinem Gedächtnis. Seines *immer wiederkehrenden* Traums.

Er hatte begonnen wie immer. Der Spaziergang hinunter an den See. Das Netz. Das Hockeytraining.

Doch dieses Mal war der Traum nicht verschwommen. Adam hatte gesehen, was mit Edgar passiert war. Und es war nicht so, wie er geglaubt hatte. Es war schlimmer. Viel schlimmer.

Halt ihn fest. HALTE IHN …

Zu spät.

Benommen und mit einem faulen Geschmack im Mund setzte Adam sich auf. Als er gähnte, spürte er dumpfe Kopfschmerzen. Aus der Küche roch es nach Spiegeleiern, das gab ihm fast den Rest.

Als seine Augen sich ans Licht gewöhnt hatten, erschrak er über den Anblick des fremden, schwarzen Rucksacks auf seinem Schreibtisch. Die Linse der Kamera starrte ihn dumpf durch einen offenen Reißverschluss an. Sie beobachtete ihn.

Adam schwankte an den Schreibtisch. Er holte die Kamera aus dem Rucksack und stellte sie mit der Linse zur Wand auf den Boden.

Ein dicker, verschlossener, brauner Umschlag fiel aus dem Rucksack auf seinen Schreibtisch. Er hob ihn auf und drehte ihn um.

Keine Anschrift.

Dann untersuchte er den Rucksack auf Namensschilder. Nichts.

Er drehte die Videokamera um in der Hoffnung, einen Namen darauf zu finden.

Klick.

Das rote Licht blinkte auf.

Ich muss sie aus Versehen eingeschaltet haben.

Er hielt die Kamera hoch und spähte durch den Sucher. Die dunklen Umrisse seines Schranks füllten den Suchrahmen aus; darunter waren ein paar winzige Leuchtbuchstaben und Zahlen zu sehen. Adam las 07:48 Uhr und 13. Januar. Auf die Minute genau.

»Adam?«, rief sein Vater von unten. »Bist du wach?«

»Ich komme gleich!« Er schwenkte die Videokamera umher und nahm sein Zimmer auf.

Sein Blick richtete sich auf eine Kommode in der Ecke – die alte Kommode, die seine Mutter letztes Jahr zum Sperrmüll gegeben hatte. Zumindest hatte sie das behauptet.

Er lächelte.

Wann hat sie die heimlich wieder hingestellt?

Adam ließ die Kamera sinken.

Die Kommode war verschwunden.

»Was um –?«

Rasch warf er noch einen Blick in den Sucher.

Die Kommode stand wieder an ihrem alten Platz.

Langsam suchte er mit der Kamera das Zimmer ab.

Eine Taschenbuchausgabe von *Mossflower* lag auf dem Bett. Die hatte er schon ewig nicht mehr gesehen.

Eine Hockeyuniform lag auf dem Boden; sie sah genauso aus wie die, die er am Unfalltag getragen hatte.

Daneben lag ein Notizbuch – darauf stand ADAM SARNO, 5-208.

Fünfte Klasse. Zimmer 208.

Meine ganzen alten Sachen.

In meinem alten Zimmer.

Ein Traum. Es musste ein Traum sein.

Adam legte die Kamera hin. Er rieb sich die Augen und ließ dann seinen Blick prüfend durch das Zimmer wandern.

Alles war ganz normal. Keine Kommode. Keine Uniform.

Er zwickte sich in den Arm. So heftig, dass es wehtat.

Okay, du bist hellwach. Flipp bloß nicht aus. Schau noch einmal durch die Videokamera. Diesmal wird alles normal sein. Dann kannst du frühstücken.

Er schluckte. Hob die Kamera auf. Schaute durch den Sucher.

»Adam, du kommst zu spät zur Schule!«, dröhnte die Stimme seines Vaters.

Adam machte den Mund auf, um zu antworten, doch er blieb stumm.

Mein alter Schlafanzug … das Monopoly-Spiel mit dem Deckel, bevor er kaputtging … das Radio, das ich letztes Jahr weggeworfen habe …

WAS GEHT HIER AB?

Er richtete seinen Blick auf den unteren Bildrand. Auf die elektronischen Daten.

Die richtige Uhrzeit. Der richtige Tag und der richtige Monat.

Aber dann starrte er auf die letzten beiden Zahlen. Auf das Jahr.

Er drückte auf den Einstellknopf und versuchte das Datum zu ändern.

Nichts geschah.

Die Einstellung für das Jahr blieb gleich.

Es war vier Jahre früher.

Er hat nicht mehr viel Zeit.

Wer?

Adam.

Ich dachte, du meinst den anderen.

Den auch.

5

Adam nahm zwei Stufen auf einmal und rannte die Treppe hinunter, an der Küche vorbei.

Bitte, bitte mach, dass ich mir das Ganze nur einbilde.

Seine Eltern blickten neugierig von der Morgenzeitung auf.

»Ich habe eine Hausaufgabe vergessen«, rief Adam.

Er ging ins Wohnzimmer, zog eine unbespielte Videokassette aus dem Regal und schob sie sich unters Hemd.

Wenn es keine Einbildung ist, will ich einen Beweis.

Er rannte zurück in sein Zimmer. Hastig legte er die Kassette in die Kamera ein, drückte auf AUFNAHME und schaute durch den Sucher.

Ja.

Sein altes Zimmer füllte den Rahmen aus. Das falsche Jahr leuchtete am unteren Bildrand auf.

Er würde es aufnehmen.

Als Beweis.

»Hausaufgabe?«, donnerte die Stimme seines Vaters aus der Küche. »Adam Sarno, dafür will ich sofort eine Erklärung!«

Adam schrak zusammen.

»Ich komme!« Er senkte die Kamera und stellte

sie auf seinem Schreibtisch ab. Dann rannte er zur Tür.

Das Zimmer leuchtete auf.

Es war kein Blitzlicht. Es war irgendein *anderer* Blitz. Ein plötzlicher Nebel aus Farben. Und dazu ein seltsamer Knall.

Adam hielt inne. Er warf einen Blick über seine Schulter. Die Kamera war auf einen Punkt seitlich von ihm gerichtet; sie zeigte auf die Mitte des Zimmers. Sie lief immer noch.

Langsam ging er die Schritte zurück und näherte sich seitlich der Stelle, auf die die Kamera gerichtet war.

Mit einem *»Pling!«* tauchte die alte Hockeyuniform auf dem Boden auf. Direkt unter seinem Fuß.

Er unterdrückte einen Aufschrei.

Langsam hob er den Blick.

Die Videokamera war verschwunden. Nur die Linse blieb übrig. Wie ein schwebendes Auge hing sie in der Luft.

Darunter lag ein Haufen Papier.

Hausaufgaben der fünften Klasse.

Das Monopoly-Spiel, das Taschenbuch, der Notizblock. Alles war genau so, wie er es durch die Linse gesehen hatte.

Doch jetzt schaute er nicht mehr durch die Linse.

Er stand davor.

In seinem Zimmer.

In der Vergangenheit.

Gefangen.

Panik breitete sich in ihm aus. Er musste hier raus.

Die Linse. Geh von der Linse weg.

Adam machte einen Sprung nach links. Zur Tür.

Wieder ein Blitz. Wieder der Farbennebel. Das *»Pling«*.

Er war wieder da. Sein Zimmer war wieder genau so wie vorher. Die alten Sachen waren verschwunden.

Die Videokamera stand wieder unversehrt auf dem Schreibtisch. Adams Gedanken überschlugen sich.

Kann ich es steuern?

Kann ich in der Zeit vor- und zurückgehen?

Bin ich jetzt verrückt?

Bevor er die letzte Frage beantworten konnte, trat er wieder vor die Kamera.

»Pling!«

Der Blitz und das Geräusch jagten ihm keine Angst mehr ein.

Während sich die Vergangenheit wie ein Puzzle zusammensetzte, sah Adam sich prüfend im Zimmer um.

Jetzt sah er Dinge, die ihm vorher in seiner Angst nicht aufgefallen waren.

Zum Beispiel die Farben. Sie waren gedämpft und hatten einen Braunschleier. Die Geräusche – ein vorbeifahrendes Auto, das Zischen der Dusche im oberen Stockwerk – waren dumpf und leise.

Das Licht, das durch das Fenster strömte, war ungewöhnlich hell. Er schaute hinaus.

Schnee.

Er dachte daran, was er gestern Abend vor Liannas Haus im Sucher gesehen hatte. Die ausgeblichene Straße.

Die Kamera war gar nicht kaputt. Ich habe Schnee gesehen.

Er dachte an die Zeit vor vier Jahren zurück. Hatte es damals geschneit? Er konnte sich nicht mehr daran erinnern.

Adam ging durch den Raum. Er ließ die Hände über die Bettdecke gleiten. Dann griff er hinter das Kopfteil seines Betts und spürte die eingetrockneten Kaugummis, die er immer dorthin geklebt hatte.

Bis Mom mich angewiesen hat sie alle wegzumachen. Da war ich zehn.

Er wandte sich zu seinen Bücherregalen um und erblickte *Time and Again* von Jack Finney. Ein Buch, das er nicht mehr gesehen hatte, seit er es in der siebten Klasse Lianna geliehen hatte.

Er streckte die Hand danach aus.

Seine Finger berührten das Buch. Als er es herauszog, spürte er das Material, aus dem der Umschlag gemacht war.

Doch das Buch rührte sich kaum.

Es war, als wäre es aus einer seltsamen, neuen Substanz gemacht – in gewisser Weise greifbar, doch in anderer Weise nicht, wie aus dichter Luft.

Er zog stärker daran. Er zerrte an dem Buch. Es rückte näher.

Adam hörte dumpfe Schritte und drehte sich um. Hinter ihm fiel das Buch auf den Boden.

Wütend marschierte sein Vater die Treppe herauf. Adam erkannte seine schweren Schritte.

Aber *welcher* Dad? Der aus der Vergangenheit oder der jetzige?

Egal. Er war auf jeden Fall am falschen Ort.

Er sprang aus dem Blickwinkel der Kamera.

»Pling.«

Sein jetziges Zimmer tauchte vor seinen Augen auf.

Sein Vater der Gegenwart stürmte in den Raum. Sofort richtete er den Blick auf die Videokamera. »Ist das deine Hausaufgabe?«

»Video-Unterricht«, stieß Adam hervor. »Ich meine, ein Videoprojekt. Im Medienunterricht.«

»Wo hast du die her?« Sein Vater marschierte auf die Kamera zu.

»Nein!« Adam stürzte zu ihm, um ihm den Weg zu verstellen.

Doch es war zu spät.

Dad hielt sich die Kamera vor das rechte Auge.

Und schaute hindurch.

Besorge dir die Unterlagen über den Vater.

Nicht nötig.

Warum nicht?

Weil nur der Junge es sehen kann.

6

»Sie ist kaputt.«

Den ganzen Tag über klangen Adam die Worte seines Vaters im Ohr.

Er hat es nicht gesehen. Lianna hat es auch nicht gesehen. Ich bin der Einzige, der es sieht.

Was bedeutete, dass die Kamera entweder eine Macke hatte oder dass Adam verrückt war.

Die Videokassette würde es ihm verraten. Er konnte es kaum erwarten, sie sich anzusehen.

In der Schule behielt er die Kamera ständig bei sich. Sie steckte in dem alten Rucksack, den er ganz unten in seinen eigenen Rucksack gestopft hatte. Während er jetzt mit Lianna und Ripley von der Schule wegradelte, spürte er, wie sie gegen seinen Rücken schlug.

»Ich hasse Überraschungen«, bemerkte Lianna.

»Die hier wird dir gefallen«, sagte Adam.

»Hoffentlich ist sie es wert«, knurrte Ripley, »und schnell. Ich muss zum Hockeytraining.«

Sie bogen auf die Locust Avenue ab und fuhren Ripleys Auffahrt hoch. »Ripley«, sagte Adam, als er sein Fahrrad auf den Rasen legte, »es wird dich umhauen.«

Wenn es funktioniert.

Eine andere Möglichkeit hatte Adam nicht ernsthaft in Betracht gezogen. Doch als er die Treppe zu Ripleys Zimmer hinaufging, fing er an zu zittern.

Was ist, wenn es nicht funktioniert?

Die Erniedrigung. Dann würden seine Freunde wissen, dass er übergeschnappt war.

Hör auf damit. Denk positiv.

Wenn es funktionierte, wenn er die Vergangenheit tatsächlich auf Videokassette eingefangen hatte, wenn die Kamera *wirklich* das sah, was vor vier Jahren geschehen war ...

Samstag. Drei Uhr nachmittags.

Der Unfall.

Er musste hingehen. Er musste die Videokamera hinunter zum See bringen.

Und es sehen.

Nein. Denk nicht einmal dran.

Es würde wieder passieren. Vor seinen Augen. Keine unzusammenhängenden Fetzen mehr. Keine blockierten Erinnerungen.

Nur noch kalte, unbarmherzige Bilder.

Dann wüsste er es. Dann hätte er Gewissheit.

Und dieser Teil machte ihm am meisten Angst.

Hinter der Tür zu Ripleys Zimmer lag ein Haufen alter Kleider und Ripley musste die Tür gewaltsam aufdrücken. Sie zwängten sich in den Raum. Vor ihnen stoben Staubwolken auf.

»Wie kannst du so hausen?«, wollte Lianna wissen.

Ripley hob die Klamotten vom Boden auf und warf

sie in einen Korb, in dem eine dreckverkrustete Football-Ausrüstung lag. »Der Butler hat Urlaub.«

Lianna verzog voller Ekel den Mund und setzte sich vorsichtig auf die Bettkante.

Adam legte seinen Rucksack neben sie. Er holte den zweiten Rucksack heraus und stellte ihn aufs Bett. Aus dem offenen Reißverschluss ragte der unbeschriebene, braune Umschlag hervor. Er nahm die Videokamera in die Hand und holte die Kassette heraus.

Lianna riss den Umschlag auf.

»Was machst du da?«, stieß Adam entsetzt aus.

»Vielleicht ist ein Name drin.« Sie zog ein Bündel Zeitungsausschnitte heraus. »Huch! Es tut mir Leid, Adam. Warum hast du nicht gleich gesagt, dass das Zeug dir gehört?«

Sie hielt ihm das Bündel hin. Als Adam die Schlagzeile des obersten Artikels las, war er wie vor den Kopf geschlagen.

ZEHNJÄHRIGER IM EIS EINGEBROCHEN UND ERTRUNKEN

Tod hätte verhindert werden können

Hastig blätterte Adam die anderen Artikel durch.

Die Ermittlungen haben ergeben, dass es sich um einen Unfall handelte … Zurzeit wird untersucht, ob ein Verbrechen vorliegt … Eltern von Easton fordern einen Sicherheitsausschuss …

Lauter Berichte über Edgars Tod.

Neue Zeitungsausschnitte. Mit sauber abgeschnittenen Rändern und nicht vergilbt. Polizei- und Krankenhausberichte, Ermittlungsakten – Dokumente, die Adam noch nie gesehen hatte.

Was zum Teufel –?

»Das sind nicht meine«, sagte er.

»Wem können sie sonst gehören?«, fragte Lianna.

»Keine Ahnung!«, erwiderte er.

»Und warum würde jemand anders sie mit sich herumtragen?«

Gute Frage.

Die Kamera, die Zeitungsausschnitte. Der Rucksack.

Wem gehörten sie?

Warum?

»Vielleicht ist der Typ Reporter. Oder ein Bulle.« Ripley nahm einen Artikel von dem Stapel und fing an laut vorzulesen: »›Die zehnjährige Lianna Frazer aus Easton wurde von der Eastoner Handelskammer für ihren Mut im Zusammenhang mit einem tragischen Unfall gelobt, bei dem der ebenfalls zehnjährige Edgar Hall während einer Rauferei bei einem Eishockeyspiel ertrank. Dank ihrer raschen Hilfe konnte das Leben von Alan Sarno gerettet werden …‹ Na ja, wenigstens haben sie einen der Namen richtig geschrieben.«

»Das ist *echt* seltsam«, murmelte Adam.

»Okay, eine einfache Erklärung«, meinte Lianna. »Die Papiere gehören deinen Eltern. Sie sind von einem Regal in den Rucksack gefallen.«

Adam schüttelte den Kopf. »Als ich gestern Abend den Rucksack aufgemacht habe, steckte der Umschlag schon drin. Ich habe ihn gesehen.«

»Gestern Abend hast du geglaubt eine ganze Menge zu sehen.«

»Jemand ... verfolgt ... dich«, betonte Ripley dramatisch. Er hob die Videokamera hoch und richtete sie auf Adam. »Oje. Schlechte Nachrichten. Die Kamera – sie ist kaputt.«

»Das hätte ich dir auch sagen können«, warf Lianna ein.

Die Kamera. Denk über die Kamera nach, Sarno. Kümmere dich später um die Zeitungsausschnitte.

»Das ist der eigentliche Grund, warum ich herkommen wollte«, sagte Adam wohl überlegt. »Wisst ihr, die Kamera ist *nicht* kaputt.«

»Sieh doch selbst.« Ripley hielt ihm die Kamera vors Gesicht.

Adam nahm sie ihm ab und blickte schaute durch den Sucher.

Blau.

Eine blaue Tapete. Blaue Bettwäsche und ein blauer Teppich. Er starrte auf einen Ausschnitt von Edgars Zimmer.

Dann sah er Edgar.

Sein Freund hatte die Füße auf den Schreibtisch gelegt. Er hielt ein Videospiel in der Hand. Er drückte sich vor seinen Hausaufgaben.

Oh Gott.

Er lebte.

Er war glücklich.

Am unteren Bildrand stand in Leuchtziffern der 13. Januar. Edgar war am 15. Januar ertrunken.

Er hatte noch zwei Tage zu leben.

Warne ihn!

»Ed –«, platzte Adam heraus.

Und brach ab.

Es war Wahnsinn. Edgar konnte ihn nicht hören.

Als er die Kamera ablegte, starrten Lianna und Ripley ihn an.

»Hey, Erde an Adam – hörst du mich?«, fragte Ripley.

»Ich – ich hab gesehen –«, stammelte Adam.

Sag es ihnen nicht. Sie würden es dir nicht abnehmen.

Sie sollen es mit eigenen Augen sehen.

Zeig ihnen die Kassette.

Adam nahm die Kassette vom Bett und legte sie in Ripleys Videorecorder ein. Er spulte sie zurück und drückte auf PLAY.

Der Bildschirm leuchtete auf.

Ein verschwommenes Bild nahm Form an. Ein Bett. Eine Kommode. Eine Hockeyuniform auf dem Fußboden.

Ja.

JA!

»Seht ihr jetzt?«, stieß Adam hervor.

»Adam, das ist bloß dein altes Zimmer«, sagte Lianna.

»*Genau*. Als ich zehn war.« Das Bild begann zu wandern – genau so, wie Adam es in Erinnerung hatte; es bewegte sich genau so, wie er die Kamera bewegt hatte.

»Das wolltest du uns zeigen?«, fragte Ripley. »Dein allererstes Heimvideo?«

»Als du zehn warst, hattest du keine Videokamera, Adam«, bemerkte Lianna.

»Genau. Ich habe das, was ihr da seht, mit *dieser* Kamera aufgenommen. Wenn ich durch die Linse schaue, sieht die Kamera die Vergangenheit. Der Ort ist derselbe, die Uhrzeit und der Tag sind gleich – aber es ist vier Jahre früher.«

»Vier Jahre?« Lianna sah ihn scharf an.

Sie begreift es.

»Der 13. Januar. Zwei Tage bevor Edgar starb. Was bedeutet –«

»Und das sollen wir dir glauben?«, fragte Lianna. »Warum kann ich es dann nicht sehen? Oder Ripley?«

»Das weiß ich nicht!«, antwortete Adam.

Ripley nahm die Fernbedienung in die Hand. »Das ist lächerlich. Ich muss jetzt gehen –«

»Warte«, unterbrach Lianna ihn. »Was ist denn *das*?«

Etwas auf dem Bild bewegte sich.

Es war kein realer Gegenstand, eher eine Verzerrung in der Luft, ein Schimmer mit menschlichen Umrissen.

Mit Adams Umrissen.

Der Schatten schlüpfte von rechts in den Bildrahmen und verschwand wieder.

Derselbe Weg, den ich heute Morgen zum Frühstück runterging. In die Vergangenheit und wieder hinaus aus der Vergangenheit. Das erste Mal, als das »Pling« im Zimmer zu hören war.

Der Schatten tauchte wieder auf.

Richtig. Als ich wieder zurückging. Um mich umzusehen.

Er wanderte quer durch den Bildrahmen, blieb vor dem Fenster stehen, griff hinter das Kopfende des Bettes und versuchte das Buch aus dem Regal zu ziehen ...

Adam stockte der Atem.

Ich bin nicht verrückt.

Das Ganze ist wirklich passiert. Es ist auf dem Band.

Und ich bin mit drauf.

»Also *das* ist echt cool«, sagte Ripley. »Wie hast du dich so in den Film hineinprojizieren können?«

»Das bin ich wirklich!«, protestierte Adam. »Ich habe mich vor die Linse gestellt und wurde aufgenommen. In der Vergangenheit. Na ja, körperlich vielleicht nicht ganz. Ihr habt meine Umrisse gesehen. Vielleicht war nur ein Teil von mir da. Meine Körperaura oder so was.«

Ripley nickte mit ernster Miene. »Oder dein Kör*pergeruch*. Manchmal kann der ein Eigenleben entwickeln.«

»Adam, du machst mir Angst«, sagte Lianna.

»Ihr glaubt mir nicht?«, fragte Adam.

Ripley brach in lautes Gelächter aus. »Ich glaube, dass du echt krank bist.«

Adam hörte einen leisen Pfeifton, der aus dem Fernseher kam. Er wandte sich um.

Das Bild bewegte sich nicht. Der Fokus war nach unten gerichtet, ungefähr auf Hüfthöhe.

Die Kamera stand auf dem Schreibtisch. Ich war unten beim Frühstück. Ich hatte sie nicht ausgeschaltet.

Eine andere Gestalt trat ins Bild.

Dies war kein unheimliches Schimmern.

Es war Adam im Alter von zehn Jahren.

Das bin ja ich.

Ich beobachte mich ohne zu wissen, dass ich beobachtet werde.

Ripley kniff die Augen zusammen. Lianna sah gespannt hin.

Der jüngere Adam zog die Decke über sein Bett. Dann nahm er ein paar Bücher von der Kommode und stopfte sie hastig in einen Rucksack.

Als er am Bildrand angelangt war, blieb er stehen.

Er bückte sich und hob ein Buch auf.

Sogar im Dämmerlicht konnte man den Titel erkennen: *Time and Again.*

Der zehnjährige Adam sah verwirrt aus. Er wunderte sich, wie das Buch in sein Zimmer gekommen war.

Aber das wusste nur der vierzehnjährige Adam.

Eine Videokassette. Das hätten wir einplanen sollen.

Er ist nicht auf den Kopf gefallen.

Aber das Mädchen – es darf nichts erfahren.

Der Junge auch nicht.

Vielleicht sollten wir das Projekt stoppen.

Nur Geduld.

7

»Adam, das Ganze ist unheimlich.« Rastlos ging Lianna auf und ab.

Ich kann sie überzeugen.

»Ich habe Edgar gesehen«, platzte Adam heraus. »Vor ein paar Minuten, als ich durch die Linse schaute.«

Lianna wurde blass. »Aber das ist *unmöglich*. Edgar ist tot.«

»Vor vier Jahren noch nicht. Da noch nicht.«

Ripley starrte ihn ungläubig an. »Du hast einfach neue Bilder in eine alte Kassette hineinkopiert.«

»Wie konnte dann das *Bild* das Buch bewegen?«, fragte Adam.

»Purer Zufall«, gab Ripley zurück. »Es ist runtergefallen.«

»Ich habe es herausgezogen!«, beharrte Adam.

Ripley griff nach der Kamera und hielt sie Adam hin. »Okay, Zeitreisender. Du hast besondere Kräfte? Beweise es!«

Adams Hand umklammerte die Videokamera. Er sah sich nach einer Stelle um, an der er sie abstellen konnte.

Nein.

Du wirst im selben Zimmer sein wie Edgar.

Nur wenige Zentimeter von ihm entfernt.

Im sicheren Wissen, dass er bald sterben muss.

Und du kannst nichts dagegen tun.

»Ich kann es nicht«, sagte Adam. »Nicht hier.«

»Das hab ich mir gedacht«, erwiderte Ripley grinsend. »Okay, Leute, der Spaß ist vorbei. In zehn Minuten fängt mein Hockeytraining an.«

»Adam?«, fragte Lianna. »War das alles nur ein Witz?«

Sie funkelte Adam böse an. In ihren Augen waren Enttäuschung, Anklage, Verrat und Angst zu sehen.

Er war dabei, sie zu verlieren.

Seine einzige mögliche Verbündete.

Tu es, Sarno.

Kämpfe endlich mal für das Richtige.

Er schob einen Stapel Papier auf den hinteren Rand von Ripleys Schreibtisch und stellte die Kamera dort ab. »Okay. Ich hab's mir überlegt.«

Er stellte die Kamera an.

Lianna starrte ihn an.

Ripley gähnte.

Langsam trat Adam vor die Linse.

»Ich kann dich immer noch seeehen …«, höhnte Ripley.

Adam spürte ein kurzes Ziehen. Ein Nebel aus Farben, das seltsame »*Pling*«-Geräusch …

Dann Blau.

Edgars Blau.

Adam stand vor Edgars Spiegel. Er zeigte einen leeren Raum.

Kein Spiegelbild. Als ob ich gar nicht hier wäre.

Er trat näher heran.

Dann sah er, dass das Zimmer nicht leer war.

Edgar saß links hinter ihm an seinem Schreibtisch. Er schrieb mit dem Rücken zu Adam.

Es tat weh, ihn zu sehen. Es war schlimmer, als Adam es sich vorgestellt hatte. Als er sich umdrehte, spürte er einen scharfen Stich im Magen.

Er wollte schreien. Seinen Freund warnen.

Doch Adam war nur ein Phantom. Ein Gespenst. Unsichtbar und lautlos.

Wie kannst du da so sicher sein?

Versuche es.

»Edgar?« Adam näherte sich ihm; seine Stimme war nur ein Flüstern.

Edgar drehte sich nicht um. Er schrieb eifrig.

Adam blickte ihm über die Schulter. Edgar war dabei, Hockey-Statistiken aufzulisten. Die Tore und das Zuspiel eines jeden Spielers. Für jedes Spiel.

Mehrere Spalten waren mit Zahlen gefüllt. Die rechte Seite war leer – sie war für die kommenden Spiele, die am 16. Januar beginnen würden.

Spiele, bei denen Edgar nicht mehr mitmachen würde.

Dringe zu ihm durch.

Adam hob seine Hand. Er legte sie auf Edgars Schulter.

Er fühlte den Stoff. Kaum spürbar.

Doch Edgar reagierte nicht.

DU MUSST IHN ERREICHEN!

Adam versuchte es noch einmal. Als könnte seine Berührung Edgar vom See wegziehen. Als würde sie ihn beschützen, vor dem Tod retten.

Edgar ließ den Stift fallen.

Mit einer Bewegung aus dem Handgelenk wischte er sich über die Schulter. Genau über die Stelle, die Adam berührt hatte.

»Pling!«

Die Umgebung verschwamm zu einem kurzen wirbelnden Strom aus Blau.

Gleich darauf befand er sich in Ripleys Zimmer.

Ripley hielt die Kamera. Das rote Licht war erloschen. »Das reicht«, sagte er.

»Was tust du da?«, fragte Adam verzweifelt.

»Nicht gerade reif für einen Oscar«, erwiderte Ripley. »Ich gebe dir zwar nur eine Drei plus für deine hysterischen Gefühlsausbrüche, aber eine Eins minus für die Pantomime.«

»Pantomime? Aber Edgar war – habt ihr es nicht gesehen?«

»Adam«, sagte Lianna, »du warst die ganze Zeit hier und hast komisch gestikuliert.«

Das kann nicht wahr sein.

Adam nahm Ripley die Kamera aus der Hand, setzte sie wieder auf den Schreibtisch und stellte sie an. »Los. Einer von euch soll es ausprobieren!«

Ripley grinste. »Flucht in die Vergangenheit!«, rief er und packte Lianna an der Taille.

»Nein, Ripley!«, schrie Lianna.

Doch es war schon zu spät.

Jetzt standen beide vor der Linse.

Lianna schwitzte und sah sich ängstlich um.

Ripley machte eine verwunderte Miene.

Er sieht es!

»Kannst du mich hören?«, rief Adam. »Was siehst du?«

»Oh wow …«, sagte Ripley. »Da drüben überquert Washington gerade den Delaware … Lincoln befreit die Sklaven … Die erste Folge von *Die kleinen Strolche* erscheint im Fernsehen …«

Lianna verdrehte die Augen. »Ripley, du bist ein Schwachkopf.«

ZWISCHENBERICHT

Subjekt: Adam Sarno

ETAPPEN DER AUFNAHME

Phase I. Entdeckung. BESTANDEN.

Phase 2. Kompetenz. BESTANDEN.

Phase 3. Engagement. BESTANDEN.

Phase 4. Ausführung.

8

Edgar hat meine Berührung gespürt. Adam rannte die Hintertreppe von Ripleys Haus hinab und hob sein Fahrrad vom Rasen auf.

»Kann ich sie also haben?«, fragte Ripley.

Adam hörte zwar die Frage, doch er registrierte sie nicht.

Das bedeutet, dass ich etwas tun kann. Ich kann die Vergangenheit ändern.

»HALLO?«, schrie Ripley. »HÖRST DU MICH, ADAM?«

»Hä?«, fragte Adam.

»Achte auf meine Mundbewegungen«, befahl Ripley. »Kann ich deine Videokamera haben? Um sie zu reparieren?«

Adam hängte sich den Rucksack über die Schulter. »Sie ist nicht kaputt.«

Und vielleicht wird sie mir dabei helfen, ein Menschenleben zu retten.

Irgendwie.

Wenn er Edgar auf seine Gegenwart aufmerksam machen konnte, *könnte* er ihn vielleicht sogar warnen. Ihn davon abhalten, hinunter an den See zu gehen.

Gedankenverloren drehte Lianna auf ihrem Fahrrad langsame Kreise auf der Auffahrt.

»Ach, hast du was Besonderes vor?«, fragte Ripley. »Vielleicht heute Abend einen Trip ins alte Griechenland?«

»Hör auf damit, Ripley!«, forderte Lianna ihn auf. »Du willst doch bloß rausfinden, wie *du* in die Vergangenheit reisen kannst.«

Ripley fiel die Kinnlade herunter. »Waaaas?«

»Vielleicht sieht er etwas, was wir nicht sehen können«, sagte Lianna. »Und damit kommst du nicht klar.«

»Mann, Lianna, du hast dich zu lange mit dem Zeitidioten herumgetrieben. Komm mit zum Hockey-Training. Schlag ein paar Bälle. Nimm Vernunft an.«

Wütend funkelte Lianna ihn an. »Du weißt doch, dass ich Hockey hasse.«

Das stimmt. Sogar damals schon. Edgar hat sie an jenem Tag zum Training mitgeschleppt. Er war total verknallt in sie.

»Bitte, wie du willst.« Ripley biss die Zähne aufeinander. »Euch beiden noch viel Spaß mit euren Wahnvorstellungen.«

Er sprang auf sein Fahrrad und fuhr weg. Lianna und Adam bogen in die entgegengesetzte Richtung ab.

Eine ganze Weile sagte keiner von ihnen ein Wort. Schließlich fragte Adam: »Du glaubst mir doch, oder?«

»Ich will dir glauben«, antwortete Lianna. »Aber

wie kann es wahr sein? Wie kann ich sicher sein, dass du Ripley nicht bloß einen Streich gespielt hast?«

»Ich *weiß* gar nicht, wie man einen Streich spielt, Lianna. Hör zu, du musst auf meiner Seite sein. Du weißt, was das bedeutet. Wir können etwas gegen den Unfall *tun*. Wir können ihn verhindern.«

Sie hielten vor dem Haus der Frazers. Lianna warf Adam einen prüfenden Blick zu. »Okay, Sarno, ich will, dass du die Kamera herausholst, dir mein Haus ansiehst und mir sagst, was du siehst. Und zwar gleich.«

Adam gehorchte. Er richtete die Videokamera auf Liannas Veranda. »In eurem Garten liegt Schnee«, berichtete er. »Vorne an der Straße steht eine Figur aus Schnee – sieht aus wie ein Dinosaurier. Warte mal ... jetzt fährt ein Auto die Auffahrt entlang, ein dunkelblauer Chevy mit dem Kennzeichen 908-EZN. Eine alte Dame steigt aus ... Ich glaube, das ist deine Großmutter ... und Jazz flitzt aus der Haustür, um sie zu begrüßen.«

Jazz.

Adam lächelte traurig. Jazz war um dieselbe Zeit wie Edgar gestorben. Adam wusste nicht, wie es geschehen war. Damals war er mit anderen Dingen beschäftigt gewesen.

Lianna zog die Mundwinkel herunter. »Ich kann mich an den Besuch erinnern. Es war das letzte Mal, dass Großmutter Auto gefahren ist. Beim Wegfahren hat sie den falschen Gang eingelegt und Jazz überfahren.«

»Das wusste ich gar nicht ...«

»Ich war so fertig, dass ich es niemandem gesagt habe. Und Edgars Unfall ist am nächsten Tag passiert. Es war die schlimmste Woche meines Lebens. Großmutter war so außer sich über das, was Jazz zugestoßen war, dass sie das Autofahren aufgab.«

Und irgendwann ist auch sie gestorben.

Ein Zugunfall. Vor ungefähr zwei Jahren. Adam konnte sich noch vage daran erinnern.

»Deswegen ist sie mit dem Zug gekommen, wenn sie uns besucht hat ...« Lianna verstummte.

»Es tut mir Leid.« Zaghaft legte er den Arm um Liannas Schulter.

Sie lehnte sich an ihn und sagte leise: »Ich glaube dir, Adam. Ich meine das mit der Kamera.«

Endlich.

Er lächelte. »Lianna ... ich werde das Ding *benutzen* ... um Edgar zu retten.«

»Wie denn?«

»Das weiß ich noch nicht. Ich kann Dinge in der Vergangenheit bewegen. Ich kann ihn spüren lassen, dass ich da bin. Vielleicht kann ich ihn warnen. Oder ihn vom Eisloch wegstoßen.«

»Aber das ist unmöglich! Man kann die Vergangenheit nicht mehr ändern.«

»Vielleicht. Vielleicht auch nicht. Es hat noch nie jemand versucht.«

»Moment mal.« Lianna schüttelte den Kopf. »Edgar ist tot, Adam. Das ist eine Tatsache. Er ist nicht hier. Selbst wenn du am Samstag zum See gehst und alles tust, was du kannst, kann es nicht funktionieren. Es ist unmöglich. Denn wenn es möglich wäre, wäre er heute noch bei uns.«

»Bloß weil Edgar nicht mehr da ist, heißt das noch lange nicht, dass ich ihn nie gerettet habe. Ich habe ihn nur *noch* nicht gerettet. Es ist noch nicht Samstag.«

Lianna seufzte. »Hör mal, Adam. Vielleicht siehst du wirklich in die Vergangenheit. Vielleicht kannst du sogar dorthin reisen, in irgendeiner Form. Aber mach dir nichts vor. Was geschehen ist, ist geschehen. Versuche es. Alles, was du damit erreichst, ist, dass du den Unfall noch einmal mit ansehen musst.«

»Kann sein. Aber das ist auch okay. Wenigstens weiß ich dann ganz genau, was wirklich passiert ist.«

»Das weißt du längst. Wie wird es sich für dich anfühlen, wenn du dort stehst und zusiehst, wie dein bester Freund ertrinkt – noch einmal? Willst du das wirklich?«

Nein. Das will ich nicht.

Schon in Edgars altem Zimmer zu sein war schmerzhaft genug.

Dies könnte mehr sein, als er ertragen konnte.

Aber wenn ich es nicht tue, habe ich für alle Zeit meine Chance vertan. Dann werde ich es nie wissen.

Und das wäre noch schlimmer.

»Ich weiß nicht«, sagte Adam. »Vielleicht kannst du mitkommen.«

Lianna sah ihn entsetzt an. *»Bist du total verrückt geworden?* Ich tue mir das nicht noch mal an!«

»Aber du wirst es doch gar nicht sehen. Nur ich.«

»Ich werde es durch dich *erleben*. Und wenn du

dann total ausflippst, muss ich dich wieder beruhigen.«

»Daran habe ich gar nicht gedacht.«

»Also, dann *denke* mal gut nach, Adam. Es ist eine blöde Idee. Total bescheuert. Hör auf mich. Vergiss, dass du je daran gedacht hast.«

Mit diesen Worten drehte sie sich um und radelte ihre Auffahrt hinauf.

Genau das hatte ich befürchtet.

9

»Als Hausaufgabe nehmt ihr euch das Kapitel mit den Sekanten vor ...«

Adam hatte keine Ahnung, wovon sein Mathelehrer redete. Er war erschöpft. Die vergangene Nacht hatte er kein Auge zugetan.

Er warf einen Blick auf die Wanduhr. Fast drei Uhr.

Nur noch sechsundzwanzig Stunden.

Er entfaltete einen verkrumpelten Zettel in seinem Mathematikbuch.

A –
Tut mir Leid, dass ich dich angebrüllt habe.
Triff mich nach der Schule in der Eingangshalle.
– L

Die ganze Nacht über hatte er über das nachgedacht, was Lianna gesagt hatte. Er hatte es im Kopf hin- und hergewälzt.

Diesen Blick in ihren Augen hatte er nicht mehr gesehen seit –

Seit dem Unfall.

Als die Schulglocke ertönte, rannte Adam als Erster aus dem Klassenzimmer.

Auf den Gängen herrschte ein Durcheinander von grellem Lärm und hellem Licht. Er hatte Kopfschmerzen. Sein Rucksack fühlte sich schwer an. Er konnte sich auf nichts konzentrieren.

»Hey, Süßer.«

Adam musste zweimal hinsehen. Es war zwar Lianna, aber es klang nicht wie sie.

»Nimm es nicht zu persönlich«, sagte sie mit einem Lachen. »Das sag ich zu allen Jungs.«

Adam bemühte sich selbstsicher und cool zurückzulächeln. Doch er kam sich wie ein Idiot vor.

Liannas Miene wurde ernst. »Das wegen gestern Abend tut mir Leid. Ich kann total nachvollziehen, wie es dir geht.«

»Mir tut es auch Leid«, sagte Adam. »Ich konnte nicht schlafen, hab die ganze Nacht darüber nachgedacht. Ich weiß echt nicht, was ich tun soll.«

»Vielleicht ist das hier nicht der richtige Ort, um darüber zu reden. Komm nach dem Abendessen zu mir – sagen wir um sieben? Dann können wir einen Film ansehen und es in Ruhe besprechen.«

»Klar«, sagte Adam.

Er sah über Liannas Schulter, dass Ripley sich näherte. Ripley lächelte Adam verkrampft an und legte den Arm um Lianna. »Kommst du mit zu mir nach Hause?«

Lianna sah Adam an. »Wir kommen gern.«

»Wir?«, fragte Ripley.

»Sollen wir es ihm sagen, Adam?«, fragte Lianna.

Adam zuckte zusammen.

Total falsche Frage.

»Mir was sagen?«, bohrte Ripley.

»Nichts«, sagte Adam unsicher. »Äh, ich muss jetzt echt nach Hause.«

»Heute ist Freitag. Da haben wir keine Hausaufgaben«, gab Ripley bissig zurück. »*Was* für ein Nichts?«

Lianna zuckte mit den Schultern. »Du würdest es sowieso nicht glauben.«

»Versuch's doch.«

Lianna wirkte hilflos. Und Ripley war nicht bereit aufzugeben.

Adam seufzte.

Er weiß, was hier läuft. Schließlich habe ich ihn mit reingezogen.

Während sie zu den Fahrradständern hinausgingen, fing Adam an, seinen Plan zu erklären.

Zuerst lachte Ripley darüber. Auf der Fahrt nach Hause feuerte er mehrere misstrauische Fragen ab. Doch Adam hielt ihnen geduldig stand und blieb sachlich.

Als sie das Haus der Wellers erreicht hatten, war Ripley still geworden.

Seine Schwester Caryn aß gerade eine Kleinigkeit, als sie durch die Küche marschierten.

»Sag bloß nicht Hallo«, knurrte sie.

»Tut mir Leid«, sagte Ripley geistesabwesend.

Ihr Bruder hatte sich entschuldigt. Verblüfft sah Caryn ihn an.

Ich habe ihn überzeugt. Glaube ich wenigstens.

Was immer es auch bringt.

Ripley führte Adam und Lianna hinauf in sein Zimmer und machte die Tür hinter sich zu.

»Adam, das ist gefährlich«, sagte er und ging auf und ab.

»Also glaubst du mir?«, fragte Adam.

Ripley ließ lange auf seine Antwort warten. »Ich brauche noch ein paar Beweise. Mehr als bloß die Videoaufnahme. Was ist, wenn ich am Samstag mitkomme?«

»Was?«, stieß Lianna aus. »Du hast doch gerade gesagt, dass es gefährlich ist!«

»Es ist gefährlich, wenn er es allein tut«, erwiderte Ripley. »*Du* willst nicht mitkommen. Ich könnte zur Stelle sein, um zu helfen, falls irgendwas schief läuft.«

»Ich traue meinen Ohren nicht«, sagte Lianna. »Ich weiß nicht, was unglaublicher ist – Adams Reise in die Vergangenheit oder deine Verwandlung in einen guten Menschen.«

Adam beobachtete Ripleys Gesicht. Ripley war in Gedanken versunken und wurde immer aufgeregter.

Das war kein Trick. Das konnte kein Trick sein.

»In der Zwischenzeit«, verkündete Ripley, »werde ich versuchen die Kamera zu reparieren.«

»Ach, *das* ist es also!«, sagte Lianna. »Ripley, die Kamera funktioniert nur bei Adam.«

»Es muss mit den Augen zu tun haben«, sagte Ripley. »Ihr wisst schon, manche Leute können gewisse Frequenzen sehen, die anderen entgehen.«

»Frequenzen?«, wiederholte Lianna.

»Na ja, warum, glaubst *du*, dass Adam der Einzige ist, der es sehen kann? Weil er was Besonderes ist?«

»Ripley, du blickst ja gar nicht, worum es geht!«

Wütend drehte Ripley sich zu ihr um. »Aber *du* blickst es natürlich«, sagte er sarkastisch. »Du blickst es *immer*!«

Es reicht.

Adam hätte sich denken können, dass Ripley einen Hintergedanken hatte.

Er wollte nicht eine Minute länger im Zimmer bleiben. »Ich … ich hole was zu knabbern.«

Er flüchtete hinunter in die Küche.

Caryn blickte von ihrer Zeitschrift auf. »Streiten sie sich mal wieder?«

»Sieht so aus.«

»Dann kannst du genauso gut nach Hause gehen. Es macht keinen Spaß, wenn das Feuerwerk losgeht. Kann ganz schön ungemütlich werden.«

Adam nahm eine Tüte Salzbrezeln aus dem Schrank und setzte sich zu ihr an den Tisch. Er konnte nicht ohne die Kamera verschwinden. Es blieb ihm nichts anderes übrig, als zu warten.

Was glücklicherweise nicht lange dauerte. Als die lauten Stimmen verstummten, ging Adam mit der Tüte wieder hinauf.

Die Tür zu Ripleys Zimmer war geschlossen. Dahinter hörte Adam leises, eindringliches Flüstern.

Er klopfte.

Die Stimmen verstummten.

Dann rief Lianna: »Adam?«

Er stieß die Tür auf. Lianna und Ripley saßen gelassen auf dem Boden.

Zu gelassen.

Adam warf einen Blick auf die Stelle, an der er seinen Rucksack abgelegt hatte.

Der Rucksack lag noch da. Er war offen und leer.

»Wo ist meine Videokamera?«, fragte Adam fordernd.

Ripley zog sie aus einem Kleiderbündel, das auf dem Boden lag.

»Warum habt ihr sie aus dem Rucksack genommen?«

»Wir haben sie uns nur angesehen.«

Adam nahm die Kamera, stellte sie an und schaute durch den Sucher.

Edgars Zimmer tauchte im Bildrahmen auf. Adam stieß einen erleichterten Seufzer aus.

Dann entdeckte er links Edgar, der sich vor Lachen schüttelte. Seine Mutter saß auf dem Fenstersims und lachte ebenfalls.

Mrs Hall.

Adam spürte einen Stich in der Brust. Sie vermisste er auch.

Er erinnerte sich daran, wie sie nach Edgars Tod ausgesehen hatte. Grau. Elend. Als würde sie nie mehr lachen können.

Und hier war sie glücklich und zufrieden. Sie wirkte jung. Voller Schönheit und Hoffnung. Ahnungslos.

Edgar und sie schauten auf einen Punkt links vom Bildrahmen, auf etwas, das sie zum Lachen brachte.

Adam schwang die Kamera herum, um zu sehen, was es war.

»Adam?«, fragte Lianna.

Doch Adam beachtete sie nicht.

Er sah einen Jungen, der in einem übergroßen Weihnachtsmann-Kostüm tanzte; er hatte sich die Mütze tief in die Stirn gezogen. Das war die Verkleidung, die Edgars Vater in der Vorweihnachtszeit immer im Kaufhaus anhatte.

Der Junge nahm die Mütze ab und verbeugte sich.

Es war Adam. Der zehnjährige Adam.

Zitternd senkte Adam die Kamera.

»Was ist?«, fragte Lianna.

»Nichts«, antwortete Adam. »Ich habe bloß gerade mich selber gesehen, das ist alles.«

»Wow«, sagte Ripley. »Das ist ja richtig übersinnlich, wie bei Akte X.« Die Erinnerungen an jenen Tag tauchten vor Adams Augen auf – die Weihnachtsmann-Verkleidung und am Abend Schlittenfahren im Mondschein.

Er lächelte.

Am liebsten hätte er geweint.

Es wäre alles viel besser, wenn er noch leben würde.

»Ich – ich muss jetzt gehen«, sagte Adam. »Ein bisschen in der Gegend herumfahren oder so was.«

»Du kannst die Kamera in der Zwischenzeit hier lassen«, bot Ripley an.

Lianna warf ihm einen misstrauischen Blick zu. »Gib sie *mir,* Adam. Mach dir keine Sorgen. Wenn er sie anfasst, bringe ich ihn um.«

»Nein, danke.« Adam verstaute die Kamera in seinem Rucksack.

»Ist echt kein Problem«, beharrte Lianna. »Ich kann sie dir heute Abend zurückgeben.«

Ripleys Kinnlade fiel herunter. »*Heute Abend?* Habt ihr beide heute Abend was vor?«

Adam nahm Reißaus, bevor der nächste Streit begann.

An diesem Abend rührte Adam sein Essen kaum an.

»Ist mit dir alles in Ordnung?«, fragte Mrs Sarno.

»Ja, klar«, log er.

»Irgendwas stimmt doch nicht mit dir, wenn du auf deinem Teller was übrig lässt«, sagte sein Vater mit einem besorgten Lächeln.

Adam schob den Kartoffelbrei mit seiner Gabel auf dem Teller herum. »Als Edgar ertrunken ist, wie war das für seine Eltern?«

Mr und Mrs Sarno warfen sich einen Blick zu.

»Sie waren natürlich am Ende«, antwortete Mr Sarno. »Warum fragst du?«

»Das muss echt das Schlimmste sein – wenn man sein Kind verliert«, sagte Adam. »Wahrscheinlich würdet ihr alles aufgeben, um es zurückzubekommen, nicht wahr?«

»Es zurückzubekommen?«, fragte sein Vater misstrauisch.

»Ich meine, wenn ich sterben würde. Und was wäre, wenn euch jemand erzählen würde, dass es möglich ist, die Vergangenheit rückgängig zu machen?

Dass man zurückgehen und den Tod verhindern kann –«

»Adam, bitte lass das«, unterbrach seine Mutter ihn.

»Sagt es mir einfach! Was wäre, wenn all das wahr wäre, Mom? Und selbst wenn es keinen logischen Sinn ergäbe, auch wenn man dabei sein Leben riskieren würde, aber daran glauben würde, dass diese verrückte Idee funktionieren könnte – würdet ihr es dann tun?«

»Ganz ehrlich, Adam, ich könnte mir das noch nicht einmal vorstellen«, sagte Mrs Sarno. »Können wir bitte das Thema wechseln?«

»Dann stell dir vor, du seist Mrs Hall. *Würdest du es dann tun?*«

Mrs Sarno sah ihren Mann unbehaglich an. »Ja«, sagte sie. »Ich glaube, wenn ich in ihrer Lage wäre, würde ich es tun.«

»Ich nicht«, sagte Mr Sarno. »So schmerzhaft es klingt. Man kann das, was man verloren hat, nie mehr zurückholen. Das ist die natürliche Ordnung der Dinge.«

Adam nickte.

Sein Herz sagte ihm, dass seine Mutter Recht hatte.

Sein Verstand sagte ihm, dass sein Vater Recht hatte.

Er musste sich für eins von beiden entscheiden.

Noch zwanzig Stunden.

10

Adam hatte Lianna gesagt, er wäre um sieben Uhr bei ihr. Jetzt war es schon zehn vor sieben.

Er atmete tief durch und schaute durch sein Fenster auf das Haus der Frazers.

Die Haustür öffnete sich. Mit gerunzelter Stirn trat Lianna hinaus. Sie ging mit verschränkten Armen auf der Veranda auf und ab.

Sie ist sauer auf mich.

Nein. Er hatte sich ja noch nicht verspätet. Es musste etwas anderes sein.

Sie hat sich gerade mit Ripley gestritten. Sie wird ihn fallen lassen.

Meinetwegen.

Adam spürte ein Hochgefühl.

Er war glücklich und aufgeregt.

Vergiss es. Denk nicht einmal daran.

Er konnte es sich nicht erlauben, sich von so was ablenken zu lassen. Lianna war eine gute Freundin. Mehr nicht.

Außerdem gingen Mädchen wie sie nicht mit Jungen wie Adam.

Er riss sich vom Fenster los. Die Videokamera lag auf seinem Bett. Er hob sie auf und überlegte, ob er sie mitnehmen sollte.

Draußen kläffte ein kleiner Hund laut – das war Stetson, eine Promenadenmischung, die Liannas Nachbarn gehörte. Adam beobachtete, wie der Hund auf die Terrasse der Frazers trottete und an Liannas Bein hochsprang.

Adam lächelte. Stetson sah ähnlich aus wie Jazz.

Jazz. Der am Vorabend des Tages starb, an dem Edgar ertrank.

Heute Abend. Adam hielt sich die Videokamera vors Auge. Er richtete sie auf Liannas Haus.

Plötzlich bestand die Straße nicht mehr aus einer Reihe trockener, schwarzer Dächer.

Sie waren zugeschneit wie vor vier Jahren. Ein Dinosaurier aus Schnee schmolz auf dem Rasen dahin. Die Schneepflüge waren durchgefahren und hatten den Schnee an den Bordsteinen hoch aufgetürmt. Doch Liannas Auffahrt war geräumt und ein dunkelblauer Chevy parkte dort.

Adam konnte die Umrisse der ganzen Familie Frazer im Lichtschein ihres Wohnzimmers erkennen – die zehnjährige Lianna, ihren Bruder, und noch jemanden ...

Die Haustür ging auf. Jazz trottete als Erster heraus, die anderen tauchten hinter ihm auf.

Adam sah einen weißen Haarschopf unter der Terrassenlampe.

Liannas Großmutter.

Sie ging auf ihren Wagen zu.

Jazz sprang an ihr hoch und legte seine Pfoten auf ihren Mantel. Die Großmutter streichelte ihn.

Gleich wird sie ihn überfahren.

Adam blickte auf. In die Gegenwart. Lianna war ins Haus zurückgegangen. Die Straße war menschenleer.

Er packte die Kamera, stürmte aus seinem Zimmer und rannte auf die Straße.

Während er auf Liannas Haus zu raste, hob er die Kamera vors Gesicht. Der Gummiring des Suchers schlug ihm gegen die Augenhöhle.

Seine Füße rannten auf trockenem Asphalt – obwohl er durch die Kamera Schnee sah, war sein Körper *hinter* der Linse. In der Gegenwart.

Die Großmutter saß jetzt in ihrem Auto und winkte aus dem Fenster. Aus dem Auspuff quoll eine Rauchwolke.

Der Wagen rüttelte, als sie den Gang einlegte. Sie schaute über die rechte Schulter.

Mr Frazer verscheuchte Jazz, der hinter dem Auto umhersprang. Laut kläffend rannte der kleine Hund vor den Wagen.

»NEIN!«, schrie Adam. Es war sinnlos.

Das Auto machte einen Satz nach vorn.

Die Kamera immer noch vor seinem Auge rannte Adam auf Jazz zu. Er streckte seine andere Hand aus.

HALTE IHN FEST!

Jetzt tauchte Adams Hand im Bildrahmen auf. Er sah ihren schwach schimmernden Umriss.

Er fühlte das Fell des Hundes und schubste Jazz mit aller Kraft weg.

Die Bewegung brachte ihn aus dem Gleichgewicht. Die Kamera flog ihm aus der Hand.

Und Adam stürzte vor das Auto.

11

Er war unter dem Wagen eingeklemmt.

Ich bin tot. Ich habe versucht zwei Leben zu retten und jetzt bin ich tot.

»Adam! Was machst du da?«

Liannas Stimme schallte vom Haus herüber.

In der plötzlichen Stille, die danach eintrat, merkte er, dass das Auto sich nicht bewegte. Der Motor war verstummt.

Vorsichtig schob er sich nach vorne. Auf dem Boden lag kein Schnee mehr.

Zurück.

In der Gegenwart.

Er hatte dröhnende Kopfschmerzen. Als er tief Luft holte, bemerkte er das Auto, das in der Auffahrt parkte. Ein relativ neuer grüner Volvo.

Er konnte sich nicht daran erinnern, es vorhin gesehen zu haben, als er mit der Kamera aus seinem Fenster geschaut hatte.

Wie konnte ich es übersehen?

Es war sowieso egal. Die Videokamera lag in der Auffahrt. Sie war verbeult. Er kroch hin und schaute hastig durch den Sucher.

Die Vergangenheit starrte ihn an.

Schnee. Der blaue Chevrolet. Mr und Mrs Frazer neben der Fahrertür. Aufgeregt redeten sie mit der Großmutter.

»Adam?« Lianna stand plötzlich vor ihm. »Alles in Ordnung mit dir?«

Adam ließ die Kamera sinken. »Es hat nicht funktioniert.«

»Was hat nicht funktioniert?«

»Ich bin in die Vergangenheit zurückgegangen und habe versucht sie zu verändern.«

»Nach allem, worüber wir gesprochen haben?« Jetzt wurde Lianna wütend.

Adam untersuchte die Kamera. »Ich verstehe es einfach nicht. *Irgendwas* hätte passieren müssen.«

»Aber nichts ist passiert, was? Ich hatte doch Recht, stimmt's?«

»Mir war, als hätte ich ihn weggeschubst.«

»Wen?«

Sieh dir die Kassette an. Schau nach, was falsch gelaufen ist.

Adam drückte auf ›Eject‹.

Die Klappe öffnete sich. Doch das Kassettenfach war leer.

»Was ist mit der Videokassette passiert?«, fragte Adam.

»Die hast du bei Ripley liegen lassen«, erinnerte Lianna ihn. »Komm jetzt rein. Du hast lauter Schrammen am Kopf. Du versäumst noch den Nachtisch und die Filme.«

Adam schlurfte hinter ihr ins Haus.

Vergiss es. Du kannst Edgar nicht retten.

Du kannst nur hilflos zusehen.

Zusehen, wie ein Toter noch einmal stirbt.

Als Adam das Wohnzimmer betrat, rannte ein rotbrauner Schatten auf ihn zu.

Er schwankte nach hinten.

Er spürte das Gewicht von zwei kleinen Pfoten, die sich gegen seinen Oberschenkel pressten.

»Runter mit dir!«, befahl Lianna. *»Jazz, lass ihn in Ruhe!«*

Er hat es getan.

Zwei neue Akten sind unter AKTIV aufgetaucht.

Gleich zwei?

Eine von ihnen ist die Akte des Hundes.

12

Ich habe es geschafft.

Der Hund begrüßte ihn stürmisch. Er schleckte den Jungen ab und kläffte aufgeregt.

Er war zotteliger als der Hund, den Adam noch vor wenigen Minuten im Sucher gesehen hatte, und älter.

Aber er war quicklebendig.

Lianna zerrte Jazz weg. »Ich hab keine Ahnung, warum er dich immer so begrüßt, Adam. Er liebt dich so-o-o sehr.«

»Aber – aber – das ist ja – *wie kannst du so ruhig bleiben?*«, stammelte Adam.

Er kniete nieder und umarmte den Cockerspaniel. Er spürte die Wärme der Hundezunge auf seiner Wange.

»Liannaaaaa!«, rief eine Stimme aus der Küche. *»Ist dein Freund schon da?«*

»Ja!«, rief Lianna zurück. Sie lächelte Adam an. »Sorry. So nennt sie alle Jungs.«

Adam nickte. Doch er hörte nicht zu. Er starrte auf die weißhaarige Frau, die im Türrahmen der Küche stand.

Liannas Großmutter.

»Gott … im … Himmel«, murmelte er.

»Ich weiß.« Lianna nickte und sog den Duft tief ein. »Die Kekse riechen köstlich. Lass uns reingehen, bevor Sam sie uns alle wegisst.«

Aber sie ist doch bei dem Zugunfall ums Leben gekommen.

Ich habe sie doch nicht gerettet – bloß Jazz.

Adam wurde schwindlig, während er in die Küche ging.

Mr und Mrs Frazer waren drin und räumten auf. Die Großmutter brachte ein Blech mit heißen Keksen an den Tisch. Sam griff ihr gierig über die Schulter, um sich einen zu nehmen.

Lianna zog eine Grimasse. »Ferkel«, sagte sie höhnisch grinsend.

»Schluck es bitte runter«, ermahnte Mrs Frazer ihn.

Benommen setzte Adam sich. Die Großmutter kam mit einem Tablett voller dampfender Becher zurück an den Tisch. »Hier ist deine heiße Schokolade, Adam. *Mit* kleinen Marshmallows, so wie du sie magst.«

Woher weiß sie das?

Adam versuchte sich an Liannas Großmutter zu erinnern, doch ihm fiel nicht viel dazu ein. Sie hatten einander ein paar Mal die Hand gegeben und sich über belanglose Dinge unterhalten, mehr nicht.

Das ist egal.

Jetzt ist alles anders. Ich habe Jazz gerettet und seitdem ist alles anders.

Plötzlich fiel ihm das Auto in der Auffahrt wieder ein.

»Ach, Mrs Frazer ...«, begann er vorsichtig. »Ihr Chevy ... was ist eigentlich aus ihm geworden?«

»Ich habe die Rostbeule vor drei oder vier Jahren verkauft«, sagte die Großmutter. »Die Gänge sind immer herausgesprungen.«

»Sie hat Jazz mal fast überfahren«, meldete sich Sam.

Die Großmutter seufzte traurig. »Der arme kleine Hund! Ich hatte statt des Rückwärtsgangs ›Drive‹ eingelegt und er stand vor der Kühlerhaube.«

»So weit habe ich noch nie einen Hund springen sehen«, sagte Mr Frazer.

Fast hätte sich Adam an einem Marshmallow verschluckt.

»Mein Volvo gefällt mir viel besser«, sagte die Großmutter. »Darin fühle ich mich wieder wie ein junges Mädchen.«

»So fährst du auch«, bemerkte Sam.

»Sam!«, sagte Lianna.

»Ihr Auto ist ganz verbeult«, erklärte Sam. »Dad sagt immer, Großmutter sollte das Fahren aufgeben.«

»Ach, wirklich?«, fragte die Großmutter.

Liannas Eltern warfen sich einen verlegenen Blick zu. »Was ich meinte, war«, sagte Mr Frazer behutsam, »dass du dir vielleicht ... *überlegen* könntest, ob du nicht das Autofahren aufgibst. Deine Augen –«

Die Großmutter lachte verächtlich. »Meine Augen sind noch ganz scharf, vielen Dank.«

Sie fährt immer noch.

Sie hat Jazz nie überfahren und deswegen auch nie das

Autofahren aufgegeben. Und weil sie das Fahren nicht aufgegeben hat, ist sie auch nicht mit dem Zug gefahren …

Jetzt wurde ihm alles klar.

Indem er Jazz gerettet hatte, hatte er auch die Großmutter gerettet.

Adam trank seine heiße Schokolade in einem Zug aus und stand auf. »Danke für den Nachtisch, Lianna. Können wir uns jetzt den Film ansehen?«

»Klar.«

Er nahm seine Videokamera und ging ins Wohnzimmer.

Er ließ Lianna eintreten und machte die Tür hinter ihr fest zu.

»Ich glaube es einfach nicht«, sagte er. »In meinem Kopf dreht sich alles. *Ist dir eigentlich klar, was das bedeutet?*«

Lianna sah ihn verständnislos an. »Was *was* bedeutet?«

»Deine Großmutter. Jazz. *Sie leben.*«

»Warum sollten sie *nicht* leben?«

Ihr Blick war leer. Verwirrt.

Sie weiß es nicht.

»Lianna, du weißt doch das mit der Videokamera, oder? Was die Besonderes kann?«

»Natürlich weiß ich das, Adam. Deswegen sind wir ja hier. Um über Ripleys lächerliche Idee zu reden. Es ist schon schlimm genug, dass *du* hingehen willst. Wie kannst du ihn mitkommen lassen? Und was um alles in der Welt meinst du mit –«

»Ich muss jetzt gehen. Denn ich kann die Vergangenheit wirklich verändern, Lianna. Ich hab es gerade getan. Ich habe Jazz das Leben gerettet – und deiner Großmutter auch.«

»Wie? Sag das noch einmal!«

»Lianna, hör mir zu. Noch vor wenigen Minuten hattest du keine Großmutter und keinen Jazz. Hast du das vergessen?«

Lianna wich zurück. »Adam, irgendwas stimmt mit dir nicht. Du bist übergeschnappt.«

»Okay. Was ist mit dem schrecklichen Zugunglück vor zwei Jahren? Bei dem ungefähr zwanzig Leute ums Leben gekommen sind?«

»Was hat das mit –«

»Deine Großmutter sollte mit dem Zug fahren. Und warum? Weil sie das Autofahren aufgegeben hatte. Und warum das? Weil sie vor genau vier Jahren an dem Tag, als die Gangschaltung ihres Chevrolets in ›Drive‹ statt in den Rückwärtsgang gerutscht ist, Jazz überfahren hat. Sie hat ihn *getötet. Aber ich habe das geändert, Lianna*!«

Lianna griff nach dem Türknopf, doch Adam stellte sich ihr in den Weg.

»Adam, lass mich gehen.«

»Verstehst du denn nicht? Ich bin in die Vergangenheit zurückgegangen. Ich wusste, was mit Jazz geschehen würde, und ich habe es verhindert. Und jetzt hat sich die ganze Vergangenheit … neu zusammengesetzt. Als wäre der Unfall nie passiert.«

»Bitte geh nach Hause, bevor ich anfange zu schreien!«

»Nicht doch. Denk darüber nach, Lianna! Hast du nicht gesagt, ich könnte die Vergangenheit nicht ändern, denn was geschehen ist, ist geschehen?«

»Ja.«

»Na, und was ist, wenn ich es *doch* kann? Was ist, wenn ich es *getan* habe? Was ist, wenn Jazz und deine Großmutter wirklich tot waren und ich sie gerettet habe? *Was geschehen ist, ist geschehen,* stimmt's? Ihr Tod ist nie geschehen – deswegen kannst du dich auch nicht daran erinnern!«

»Ihnen ist nichts zugestoßen!«

»Das beweist es doch gerade!«

»Bloß weil du das sagst? Bloß weil du behauptest, Großmutter und Jazz seien tot gewesen, soll ich das glauben? Adam, du könntest genauso gut behaupten, dass wir alle noch vor zehn Minuten Schimpansen waren – aber, hey, du bist in die Vergangenheit gezoomt, hast das geändert und mein Gedächtnis daran einfach ausgelöscht.«

Hoffnungsloser Fall.

Wie konnte sie ihm glauben? Wie konnte überhaupt jemand so eine Geschichte glauben?

Ich würde es auch nicht glauben.

Er ließ sich auf das Sofa fallen.

»Und was ist mit deinem eigenen Gedächtnis?«, fragte Lianna. »Wäre das nicht auch gelöscht, wenn das, was du sagst, wahr wäre? Warum kannst *du* dich an ihren Tod erinnern?«

»Das weiß ich nicht! Vielleicht, weil *ich* die Reise in die Vergangenheit gemacht habe. Ich habe beide Versionen *gesehen*. Schließlich bin ich ein und dieselbe Person. Selbst wenn ich in der Zeit vor- und zurückspringe, bleibt mein Gedächtnis doch in einer geraden Linie. Es speichert alles, was ich sehe.«

»Das ist das Bescheuertste und Lächerlichste, was ich je gehört habe«, sagte Lianna.

Verflucht. Verflucht. Verflucht. Wenn ich doch bloß eine Kassette in der Kamera gehabt hätte!

Adam entdeckte im Schrank der Frazers eine Packung unbespielter Videokassetten. Er stand auf und nahm eine heraus. »Das nächste Mal, wenn ich in die Vergangenheit reise«, sagte er, »habe ich den Beweis dafür.«

Er drückte auf ›Eject‹ und steckte die Kassette in das Fach.

Das Fach klemmte.

Er drückte fester. Es nützte nichts.

»Was ist los?« Er warf einen Blick in die Öffnung. Kleine Plastikstücke und Metallteile steckten in dem Fach. »Es ist kaputt.«

»Als du sie auf der Auffahrt fallen gelassen hast, ist sie ziemlich hart aufgeschlagen.«

»Davon kann doch nicht das Fach im Inneren zerbrechen, oder?«

Vielleicht. Vielleicht war es aber auch etwas anderes.

Adam dachte zurück. Er hatte die Kamera den ganzen Tag bei sich gehabt. Keiner hatte sie manipulieren können.

Außer ein paar Minuten lang.

»Lianna, als ich bei Ripley etwas zu knabbern holte, was hat er da gemacht?«

»Willst du damit sagen …« Lianna hielt inne. »Na ja, einmal bin ich kurz ins Bad gegangen. Aber Ripley würde *so was* nie tun.«

»Du hast gesagt, er will selber in die Vergangenheit zurückgehen. Vielleicht hat er versucht die Kamera für sich zu manipulieren.«

»Glaubst du?«

Adams Kopf dröhnte. Er streckte sich auf dem Sofa aus und atmete ein paar Mal tief durch.

Okay. Denke nach.

Eigentlich brauchst du die Videokassette gar nicht.

Die Kamera funktioniert auch ohne sie. Für Jazz hat sie funktioniert.

Aber lass Ripley vor morgen auf keinen Fall in die Nähe der Kamera.

»Manchmal weiß ich selber nicht, was ich in ihm sehe«, sagte Lianna leise. Sie fing an durch Adams Haar zu streichen. »Ich meine, wir sind zwar noch zusammen und so, aber mit jedem Tag scheinen wir uns weiter voneinander zu entfernen.«

Adam spürte eine plötzliche Welle von Gefühlen. Und Erschöpfung.

Seine Augen fielen zu.

»Es ist okay«, flüsterte Lianna. »Schlaf ruhig ein.«

Sie legte einen Film in den Videorecorder ein. Eine verträumte, sentimentale Filmmusik ertönte.

Adam versank in Gedanken – Ripley, Lianna, Edgar und hunderte von anderen Leuten wirbelten im Strom der Filmmusik herum.

Und dann begann sich der Unfall wieder einmal aus

lauter Traumfetzen zusammenzusetzen. Wieder sah er die Eisdecke und die wirbelnden Hockeyuniformen. Doch diesmal war sein Blickwinkel ein anderer. Der Traum hatte einen Bildrahmen – so als würde Adam die Vergangenheit durch die Linse der Kamera betrachten.

Und in dem Augenblick, als das schreckliche Ereignis seinen Lauf nehmen wollte, als Edgar begann auf seinen Schlittschuhen um den jüngeren Adam herumzukreisen, ihn zu necken und zu ärgern, spürte Adam ein Zerren. Als wäre noch jemand in den Traum eingetreten und würde versuchen ihm die Kamera wegzunehmen.

Ripley. Das muss Ripley sein.

Adam riss die Augen auf.

Vorsichtig zog Lianna an der Videokamera in seiner Hand.

»Was machst du da?«, stieß Adam hervor.

Erschrocken wich Lianna zurück und ließ die Kamera los. »Nichts!«

»Du willst sie mir wegnehmen!«

»Will ich *nicht*! Wie kannst du so was auch nur denken? Ich wollte bloß, dass du es bequemer hast.«

Ganz ruhig. Bleib ganz ruhig.

»Tut mir Leid«, murmelte Adam.

»Adam, du bist ja paranoid!«

»Ich weiß. Es ist bloß – ach, ich habe geträumt – ich habe von dem Unfall geträumt – und Ripley hat mir die Kamera weggenommen.«

»Adam, vertraue mir. Er kriegt die Kamera nicht. Auf keinen Fall. Egal, um was er mich bittet –«

Plötzlich erstarrte Lianna und verstummte.

Adams schläfriger Verstand wurde auf einen Schlag hellwach. »Um was hat er dich gebeten?«

»Um nichts.«

»Hat er gesagt, du sollst mir die Kamera wegnehmen?«

»Das ist doch egal, Adam. Ich entscheide selber, was ich tue.«

Adam fröstelte. Er packte die Kamera und stand auf. »Ich gehe jetzt lieber nach Hause. Tut mir Leid, Lianna. Ich bin wohl wirklich paranoid – und nervös.«

Lianna zuckte mit den Schultern und wandte sich zum Bildschirm zurück. »Ich sag dir dann, wie der Film ausgegangen ist.«

Auf dem Heimweg fühlte sich Adam ganz schwach.

Er warf einen Blick über die Schulter auf das Auto der Großmutter.

Hatte es schon vorher dort gestanden?

Er konnte sich nicht mehr daran erinnern.

Vielleicht hatte er sich das Ganze nur eingebildet. Vielleicht waren Liannas Großmutter und Jazz nie gestorben.

Nach dem Unfall hatten die Ärzte ihm gesagt, dass er eine Gehirnerschütterung gehabt hatte. Gehirnerschütterungen waren eine ernste Sache. Sie hatten gesagt, dass er gewisse Dinge womöglich vergessen würde. Und dass er vielleicht Dinge sehen würde, die es gar nicht gab.

Und dass es nicht sofort passieren müsste. Es könnte viel später anfangen, wenn er es am wenigsten erwartete.

Vier Jahre später?

War es das, was ihm jetzt widerfuhr?

Vielleicht war die Kamera eine einzige große Täuschung.

Vielleicht schnappe ich jetzt wirklich gleich über.

Nein. Jetzt nicht.

13

Zing.

Adam sprang aus dem Bett.

Er war eingeschlafen.

Die Videokamera lag neben seinem Bett.

Denk nach.

Du brauchst jetzt einen klaren Kopf.

Okay, vielleicht war das Ganze nur eine Vision. Eine Nachwirkung der Gehirnerschütterung von damals.

Aber es blieben zu viele Fragen offen.

Warum habe ich keine Erinnerungen an Jazz oder Liannas Großmutter in den letzten vier Jahren?

Wie ist mein altes Zimmer auf das Videoband gekommen?

Er konnte sich keine Zweifel erlauben.

Er musste es versuchen.

Er musste vorausplanen.

Was würde passieren, wenn seine Rettungsaktion fehlschlug? Was wäre, wenn drei Uhr vorbeiging und Edgar immer noch tot war?

Dann wäre alles vorbei. Kein Einstellen der Kamera. Keine Rückkehr möglich.

Das wäre, als würde er ihn zum zweiten Mal töten.

Konnte Adam etwas Vorbeugendes tun – Edgar vom Eis fern halten?

Er knipste seine Schreibtischlampe an.

Seine Uhr zeigte 22:07 an.

Noch siebzehn Stunden.

DENK NACH!

Edgars Zimmer.

Nein. Das war jetzt Ripleys Zimmer. Adam konnte unmöglich um diese Zeit dort auftauchen. Ripley würde ihm die Kamera wegnehmen.

Edgar ist nicht der Einzige, den ich warnen kann.

Adam griff nach der Kamera. Er stellte sie an und betrachtete sein Zimmer durch den Sucher.

Da drüben. An seinem Schreibtisch.

Dort saß sein jüngeres Ich in ein Computerspiel versunken.

Adam nahm rasch die Kamera runter und fing an, etwas auf einen Block zu schreiben. Er knüllte mehrere Entwürfe zusammen, bis er die Nachricht genau richtig formuliert hatte:

Hallo, ich weiß, es klingt komisch, aber bitte vertraue dieser Nachricht – GEHT MORGEN AUF KEINEN FALL AUFS EIS. Die Eisdecke ist ZU DÜNN.

Von jemandem, der es gut mit euch meint

»So«, murmelte Adam.

Jetzt musste er den Zettel nur noch liegen lassen – unauffällig irgendwo an einer Stelle, wo sein jüngeres Ich ihn finden würde.

Keine unheimlichen Begegnungen, keine Schocks.

Ganz einfach.

Adams Arme zitterten, als er die Kamera aufhob.

Bleib ganz ruhig.

Er stellte den Sucher wieder auf den zehnjährigen Adam ein. Langsam bewegte er seine Hand, bis sie im Bildrahmen erschien.

Die Hand und der Zettel waren gespenstisch schimmernde Umrisse in seinem alten Zimmer. Er ließ den Zettel fallen.

Und schwenkte die Kamera weg.

Doch der Zettel lag auf seinem eigenen Boden, auf dem Boden der Gegenwart.

Adam hob die Nachricht auf. Wieder schaute er durch die Linse und hielt den Zettel vor den Sucher. Vorsichtig ging er auf das Bett zu und legte den Zettel deutlich sichtbar auf seine alte Decke.

Wieder schwenkte er die Kamera weg.

Der Zettel lag auf seinem Bett, so als würde die Vergangenheit gar nicht existieren. Als wäre das Ganze –

Nein.

Zweifle. Nicht. Daran.

Die Regeln. Es musste doch gewisse Regeln für Zeitreisen geben.

Ich kann nichts in die Vergangenheit bringen.

Vielleicht war das Regel Nummer eins. Auf eine seltsame Art machte das sogar Sinn.

Warnen konnte er also vergessen.

Retten war angesagt. Das hatte er sich schon bewiesen. Er hatte zwei Leben gerettet. Und nichts dafür geopfert.

Adam erstarrte.

Das hier ist ganz anders als der Unfall mit Jazz.

Hier waren zwei Menschen beteiligt. Der eine überlebte, der andere starb.

Was war, wenn Edgars Rettung bedeutete, dass sich alles ändern würde? Was war, wenn dafür etwas geopfert werden musste? Schließlich war alles möglich.

Adam schluckte schwer.

Was ist, wenn ich dafür sterben muss?

Jetzt macht er sich um die Regeln Sorgen. Um ein Opfer.

Na ja, er ist immer noch ein Mensch.

Lasst ihn dranbleiben.

14

Das Klicken der sich schließenden Tür sickerte in Adams Traum ein.

Er wachte mit einem Ruck auf.

Er war eingeschlafen.

Schon wieder.

Und er hatte wieder *den* Traum gehabt.

Nein. Eine neue Variante.

In dieser Variante überlebte Edgar. Als Adam im Eis einbrach, rannte er weg. Ignorierte Adams Hilferufe. Ließ *ihn* ertrinken *(so wie ich ihn ertrinken ließ)* …

Adams Herz hämmerte heftig. Er holte tief Luft. Schüttelte die Gedanken ab.

Zweifle. Nicht. Daran.

Es war hell in seinem Zimmer. Er musste die ganze Nacht durchgeschlafen haben. Er warf einen Blick auf seinen Wecker.

11:57 Uhr.

Noch drei Stunden.

Er drehte sich um. Seine Füße berührten den Teppich. Er bückte sich nach der Videokamera.

Sie war weg.

»Mom? Dad?«

Er stürmte die Stufen hinunter. Seine Mutter erschien am unteren Treppenabsatz und sah ihn fragend an.

»Wo ist meine Videokamera?«, fragte Adam.

»Ich habe sie Lianna gegeben. Sie war heute Vormittag schon drei Mal hier. Ich habe ihr gesagt, dass du schlecht geschlafen hast. Aber sie musste sich die Kamera ausleihen und da hab ich gedacht –«

Er hörte, wie die Haustür aufging.

Er rannte in den Flur. Lianna wollte gerade gehen. *»Was hast du vor?«*, rief er.

Lianna ließ den Türknopf los. »Adam, hast du mich erschreckt! Ich dachte schon, du würdest den ganzen Tag verschlafen. Du wirst es mir nicht glauben, aber Ripley will herkommen. Er will unbedingt deine Kamera. Als deine Mutter mir gesagt hat, dass du noch schläfst, hielt ich es für besser, die Kamera zu verstecken.«

»Hör zu, in drei Stunden kann er die Kamera *behalten.*« – *Warum tut sie das?* – »Ich kapier es nicht. Ich dachte, er wollte mitkommen. Das war doch unser Plan!«

»Macht überhaupt irgendetwas bei Ripley Sinn? Vielleicht will *er* es selber tun und die ganzen Lorbeeren ernten.«

Adam streckte seine Hand aus. »Danke, Lianna, aber ich kann selbst auf mich aufpassen.«

»Er kann sehr überzeugend klingen. Er wird sie dir abluchsen.«

»Nur über meine Leiche.«

»Das hast du schön gesagt.«

Ripley will in die Vergangenheit reisen. Ich *will in die Vergangenheit reisen. Und Lianna hat die Kamera.*

Verfolgungswahn. Verzweifelt versuchte er ihn zu bekämpfen. Aber er schaffte es nicht.

»Das hat gar nichts mit Ripley zu tun«, stieß er hervor. »*Du* willst die Kamera, stimmt's?«

»Adam, es tut mir Leid. Ich kann doch nicht daneben stehen und zusehen, wie du dir das antust!«

Nicht jetzt. Nicht jetzt, wo ich so nahe dran bin.

»Ich habe deiner Großmutter das Leben gerettet, Lianna! Ich habe Jazz das Leben gerettet. Ich kann für Edgar dasselbe tun. Auch wenn du mir nicht glaubst, *gib mir eine Chance.*«

»Eine Weile hast du mich echt überzeugt, Adam. Aber ich habe über das Ganze nachgedacht. Und ich glaube, mit dir stimmt was nicht. Du solltest zum Arzt gehen. Deine Erinnerungen sind blockiert und irgendwie werden sie freigesetzt, indem du durch eine Kamera schaust. Du siehst Dinge, die längst vergessen sind, Dinge, die wirklich passiert sind – wie jemand unter Hypnose sie sehen könnte.«

NEIN!

Adam griff nach der Kamera, doch Lianna zog sie zurück. »Vertrau mir, Adam«, fuhr sie fort. »Ich wollte es dir nicht sagen, aber ... was du sehen wirst, wird dir nicht gefallen.«

»Warum nicht? Was habe ich getan? Hast du mich etwa angelogen?«

»Geh nicht zum See, Adam«, sagte Lianna ruhig und wich zurück. »Bleib zu Hause.«

Lügen.

Sie hat mich vier Jahre lang angelogen.

Aus welchem Grund?

Um mich für den Rest meines Lebens im Ungewissen zu lassen.

Um mich vor der Wahrheit zu schützen.

Adam würde es keine Minute länger mitmachen. Er stürzte sich auf die Kamera.

Es klingelte an der Haustür.

Lianna sprang auf die Tür zu und öffnete sie.

Ripley lehnte sich an den Türrahmen und stocherte in seinen Zähnen herum. »Also, Leute. Wann kann die Expedition losgehen?«

Vorsichtig nahm er Lianna die Kamera aus den Armen.

»NEIN!«, schrien Lianna und Adam gleichzeitig.

»Hey, ganz locker, Leute.« Ripley gab Adam die Kamera. »Ich werde sie schon nicht verschlucken.«

Adam staunte. »Ich hab gedacht – willst du denn nicht –?«

»Ich will mitkommen. Wenn du runter zum See gehst. Wie ich schon gesagt habe.« Er lächelte. »Vielleicht kann ich dann endlich deinen Freund Edgar kennen lernen.«

Adam wusste nicht mehr, wem oder was er glauben sollte. Vielleicht hatte Lianna doch Recht. Vielleicht sollte er zum Arzt gehen.

Doch selbst wenn die Kamera die Vergangenheit nicht wirklich zeigen konnte – selbst wenn sie nur seine Erinnerungen freisetzte – reichte das nicht auch?

Ist es nicht das, was ich eigentlich will?

Er war sich dessen nicht mehr sicher.

Aber eines wusste er.

Das hier betraf Edgar und ihn.

Und sonst niemanden.

»Bitte geht nach Hause. Und zwar alle beide.« Er drängte Ripley und Lianna zur Tür hinaus.

»Okay, okay, dann gehen wir eben.« Ripley zog Lianna auf die Veranda.

»Nimm deine Finger weg!« Lianna riss sich los und wandte sich an Adam. »Bitte, tu es nicht!«

»Das entscheide ich selbst.«

Damit schlug er die Tür hinter ihnen zu.

Zweifel, Zweifel, Zweifel.

Nur Geduld.

Aber jetzt zweifelt er schon an seinem Verstand.

Das könnte seine Rettung sein.

Glaubst du das wirklich?

Glaubst du es?

15

14:37 Uhr.

Egal wie kräftig Adam in die Pedale trat, Lianna und Ripley blieben ihm dicht auf den Fersen.

»HEEYYY!«, rief Ripley. »Das ist echt cool!«

»Halt die Klappe!«, schrie Lianna zurück. »Du hast ja keine Ahnung! Wir müssen ihm helfen. Er glaubt echt, er hätte meine Großmutter und unseren Hund von den Toten auferstehen lassen!«

Sie brüllte es heraus.

Sie verriet der ganzen Welt Adams Geheimnis.

Konzentriere dich.

Bewege dich.

»Wenn das mit Edgar funktioniert«, schrie Ripley, »dann kann er vielleicht auch Minerva zurückbringen!«

»Wen?«, fragte Lianna.

»Meinen Goldfisch! Er starb, als ich sechs Jahre alt war!«

Ein Witz. Für Ripley war das Ganze nur ein Witz.

Vergiss die beiden.

Adam zwang seine Beine zum Strampeln. Er fühlte sich schwach. Krank. Innerlich zerrissen zwischen dem *du sollst nicht* und *du musst.*

Du musst gewann.

Er brauchte nur zwanzig Minuten.

Die Häuser der Nachbarn wichen hohen Kiefern. Adam fuhr auf den Gehweg und bog dann mit einer scharfen Kurve auf den wohl bekannten Waldweg ab.

Er biss die Zähne aufeinander, als sein Fahrrad über freigelegte Wurzeln holperte.

Die Lichtung war menschenleer. Gut.

Vor dem schmalen Pfad, der zum See hinunterführte, hielt er mit quietschenden Reifen.

Ein rascher Blick auf die Uhr. Es war 14:42 Uhr.

Noch achtzehn Minuten.

Adam ließ sein Rad zu Boden sinken. Er rannte den Pfad entlang und nahm den Rucksack von der Schulter.

»Au!«

Lianna.

Beachte sie nicht. Die Zeit ist zu knapp.

»Lass mich in Ruhe, Ripley!«

Adam blieb stehen. Er drehte sich um.

Lianna lag auf der Erde, Ripley beugte sich über sie.

Dieser Bastard.

Adam rannte zurück auf die Lichtung und packte Ripley an der Schulter. »Lass sie!«

»Ich versuche bloß zu helfen!«

Lianna umklammerte ihren Knöchel. »Ich glaube, er ist gebrochen. Adam, du musst mich in die Notaufnahme bringen.«

»Aber ich – ich –« Adam sah auf seine Armbanduhr.

»Ich tue es«, erbot sich Ripley.

»Nein!« Lianna sprang vom Boden auf und riss Adams Rucksack an sich. Vor Schreck stolperte er und schlug sich den Kopf an einem Baum.

»Der Knöchel ist wohl wieder okay«, sagte Ripley.

Adam rieb sich den Kopf. »Gib ihn her, Lianna.«

»Adam, sieh dich an«, erwiderte Lianna. »Du stolperst verwirrt in der Gegend herum. *Irgendwas stimmt mit dir nicht*. Ich kann es nicht zulassen, dass du deinen doofen Plan durchziehst. Du wirst dich umbringen.«

»Gib ihn her!«

»Adam, du wirst die Wahrheit nicht ertragen!«

Adam stürzte sich auf die Kamera.

Lianna rannte weg.

»Hey!«, rief Ripley.

Adam und er blieben Lianna auf den Fersen. Sie rannte auf die Lichtung und stieg auf ihr Fahrrad.

Ripley erreichte sie als Erster. Mit einer Hand packte er die Lenkstange. Mit der anderen entriss er ihr den Rucksack.

»Ripleyyyyy!«, schrie Lianna.

»Nimm ihn!« Ripley drückte Adam den Rucksack in die Hand.

Er hielt Lianna, die sich verzweifelt wehrte, zurück.

Ripley.

Adam war verblüfft. »Danke.«

»Geh, bevor es zu spät ist!«

»N-E-E-I-I-N!«

Liannas Stimme verhallte, als Adam zum See hinunterrannte.

Er schaute auf die Uhr.

14:46 Uhr.

Kamera: Ein.

Sucher: Offen.

Adam schaute hindurch.

Das Bild war verschwommen. Weiß. Als es klar wurde und den überfrorenen See zeigte, schwenkte Adam die Kamera von links nach rechts.

Dort drüben. Beim Kiefernwäldchen. Drei gut gepolsterte Gestalten auf Schlittschuhen, Hockeypullover über Daunenjacken.

Edgar.

Trotz der Entfernung konnte man ihn nicht verfehlen. Er lief auf dem Eis herum, dem Puck hinterher. Tat, als würde er nach links schwenken. Dann nach rechts. Spöttisch, neckend.

Die beiden anderen liefen hinter ihm her.

Geh zu ihnen. Jetzt.

Dafür musste er die Kamera abstellen. An einer Stelle, wo keiner sie sehen konnte.

Adam sah sich verzweifelt um. Hinter ihm stand ein knorriger Baum mit einer Astgabel, die ungefähr einen Meter über dem Boden wuchs.

Er drückte die Kamera in die Gabel. Er presste sein Auge auf den Sucher und stellte ihn auf die Gruppe ein.

Jetzt rauften sie miteinander.

Dies war der Teil, an den Adam sich nicht erinnern konnte. Der Teil, von dem Lianna ihm erzählt hatte. Die Rauferei zwischen Edgar und ihm.

Die Prügelei, bei der mein bester Freund getötet wurde.

Er schaffte es, den ›Zoom‹-Knopf gedrückt zu halten, und das Bild kam immer näher.

Die beiden Jungen hielten einander umklammert. Edgar stieß seinen Freund weg; sie stoben auseinander. Sie starrten einander wütend an und schrien unhörbare Worte.

Adam konnte ihre Gesichter jetzt deutlich erkennen.

Edgars Gesicht.

Und Liannas Gesicht.

Liannas?

Der jüngere Adam stand an der Seite und sah verwirrt zu. Er rief etwas, das wie »Stopp!« aussah.

Nein. So war das doch gar nicht.

Das ist ganz anders als in Liannas Geschichte.

Jetzt packte der jüngere Adam Lianna am Pullover und versuchte sie wegzuzerren. Edgar lachte, schüttelte den Kopf und lief mit dem Puck weg.

Mit einer plötzlichen, wütenden Armbewegung riss Lianna sich von Adam los.

Sie lief hinter Edgar her, den Hockeyschläger in Brusthöhe vor sich.

Adams jüngeres Ich folgte ihr, doch sie hatte einen zu großen Vorsprung.

Sie hob den Schläger in die Höhe.

Und versetzte Edgar damit einen harten Schlag auf den Kopf.

Edgar stürzte auf die Knie. Er hielt sich den Kopf und heulte vor Schmerzen.

Der jüngere Adam wandte sich mit einem ungläubigen Blick zu Lianna um. Schweigend und mit leerem Gesichtsausdruck wich sie zurück.

Das Eis brach unter Edgar ein.

Schreiend fiel er ins Wasser.

LOS!

Der ältere Adam rannte um den Baum herum ins Sichtfeld der Kamera. Er hörte das »*Pling!*«.

Der Schnee knirschte unter seinen Füßen.

Der Wind schlug ihm ins Gesicht.

Edgar war ungefähr fünfzig Meter entfernt – er tauchte immer wieder im Wasser unter. Schon fast leblos.

Adam – der dünne, ängstliche, zehnjährige Schwächling Adam – lag auf der Eisdecke und umklammerte Edgars Handgelenk mit seiner rechten Hand. Lianna wich mit offenem Mund zurück.

Während der ältere Adam mit fast zerberstenden Lungen rannte, stiegen seine Träume wieder in ihm hoch. All die Bilder, die er unter den Schichten aus Schuld, Angst und falschem Vertrauen längst vergraben hatte.

Ich war es nicht. Es war Lianna.

»*Du hast ihn umgebracht!*« Die Worte brachen aus seinem ausgedörrten Hals hervor.

Die jüngere Lianna schrie: »Nein!«

Adam machte mit ausgestreckten Armen einen Satz nach vorn.

Er kam hart auf.

Auf nacktem Eis.

Auf einer festen, glatten Eisdecke.

Edgar war weg.

Der zehnjährige Adam und die gleichaltrige Lianna waren nirgends zu sehen.

Blitzschnell drehte Adam sich um.

Die Videokamera unter den Arm geklemmt, rannte Lianna – die vierzehnjährige Lianna – in den Wald.

Wir haben sie unterschätzt.

Manchmal gewinnen eben doch die Bösen.

16

»N-E-E-E-I-I-I-N!«

Adam rannte übers Eis zurück.

Er sah Ripley aus dem Wald auftauchen und Lianna verfolgen.

Als Adam das Ufer des vereisten Sees erreicht hatte, riss Ripley Lianna gerade zu Boden. Die Kamera rollte weg.

Adam rannte zu ihr, doch Ripley war schneller.

Lianna sprang auf Ripleys Rücken und krallte ihre Finger in seinen Armen fest. »Es ist zu spät, Adam!«

Ripley warf Adam die Kamera zu. »Versuch es!«

Adam griff nach der Kamera. Für eine Zehntelsekunde sah er Liannas Blick.

Voller Verzweiflung und Angst.

Sie wusste nicht, dass er es schon gesehen hatte.

»Geh!«, wiederholte Ripley. »Ich hab sie!«

Adam rannte auf das Eis zurück und grub seine Fersen tief in die Eisdecke. Er würde es in letzter Sekunde tun müssen, so wie er Jazz gerettet hatte. Unbeholfen hob er die Kamera hoch.

Edgar war noch nicht untergegangen. Der jüngere Adam war immer noch auf dem festen Eis und zog mit aller Kraft.

Die jüngere Lianna stand wie erstarrt da. Geschockt. Sie rührte sich nicht.

Ja. Genauso war es im Traum auch gewesen.

Aber auch –

Mit einem lauten Knacken brach das Eis zum zweiten Mal ein. Adam sah, wie sein jüngeres Ich durch den Spalt fiel. Er umklammerte noch immer Edgars Hand.

Der ältere Adam rannte schneller. Kriechend, die Kamera in der linken Hand, streckte er seinen rechten Arm aus.

Die Umrisse seiner Hand waren nur schwach erkennbar. Doch er konnte Edgars Hockeyhandschuh deutlich spüren.

HALT IHN FEST!

Er zog mit aller Kraft. Edgars Augen waren jetzt geschlossen. Sein Gewicht zog ihn nach unten.

Er war wie eine leblose, nasse Tonne.

Plötzlich hörte Adam Liannas Stimme. Schreiend rannte sie weg.

Der jüngere Adam kämpfte nun um sein eigenes Leben; keuchend schnappte er nach Luft und schlug mit den Armen wild um sich.

Ein Opfer.

»Nein!«, stieß Adam aus.

Er wollte die Hand nach seinem jüngeren Ich ausstrecken. Doch er konnte die Kamera nicht loslassen.

Ich kann mich doch nicht selber ertrinken lassen!

Edgars Hand fühlte sich immer schwächer an. Als würde sie sich in Luft auflösen.

LASS IHN NICHT LOS.

Adam konzentrierte sich. Er umklammerte die Hand noch fester.

Aus dem Augenwinkel sah er, wie der zehnjährige Adam sich näher heranbewegte. Er rammte Edgar seine Schulter in die Seite.

Wasser schluckend und mit blauen Lippen versuchte der jüngere Adam, Edgar aus dem Eisloch zu stoßen.

Mit einem Ruck fiel der ältere Adam nach hinten. Plötzlich glitt Edgar auf ihn zu, *nach oben,* über den zackigen Rand der Eisdecke.

Es würde funktionieren.

Haltet euch fest ... ihr beide ...

Der ältere Adam zog mit einem kräftigen Ruck.

Sein linker Fuß rutschte weg.

Edgars Hand glitt aus seiner. Und Edgars Körper rutschte nach unten.

Adam stürzte nach vorn. Er riss den Mund auf und stieß einen lautlosen Schrei aus.

Die Kamera fiel herunter.

Seine Hände griffen nach ihr – griffen ins Leere.

In einem grellweißen Blitz sah er die Kamera fallen.

Durch das Eis.

In die Vergangenheit.

In den See.

Zusammen mit Edgar.

Wie konnte er sie verlieren?

Vielleicht können wir sie zurückholen.

Nein. Es gibt Dinge, die schaffen nicht einmal wir.

17

Aus.

Es war alles aus.

In den Spalt, dachte Adam. *Die Kamera ist in ihr eigenes Bild der Vergangenheit gefallen.*

Er wusste, dass er jetzt eigentlich schreien müsste. Oder weinen. Aber er konnte es nicht.

Er fühlte gar nichts.

Adam betrachtete die glatte, intakte Eisfläche. Die schneelosen Ufer.

Seine Arme waren nicht mehr nass. Sein Kopf tat nicht mehr weh.

Als wäre es nie passiert.

Als wäre er bloß aus einem dieser Träume aufgewacht.

Vielleicht war es nur das. Ein Streich, den sein gestörtes Hirn ihm spielte. Vier Tage, in denen der Nebel der Erinnerungen sich gelichtet hatte. So wie Lianna gesagt hatte.

Doch jetzt war es vorbei. Und dieses Mal erinnerte er sich an alles.

Diesmal kannte er die Wahrheit.

Lianna hatte ihn belogen. Das war der Grund, warum sie versucht hatte ihm die Kamera wegzunehmen. Damit er es nicht sehen konnte. Damit er nicht erfuhr, was sie getan hatte.

Sie hat ihn umgebracht.

Vielleicht.

Ohne die Kopfverletzung hätte Edgar vielleicht überlebt. Er hätte länger bei Bewusstsein bleiben können. Er hätte sich besser festhalten können. Er hätte auf Adams Hilfe besser reagieren können.

Was für einen Unterschied machte es jetzt noch?

Edgar war ertrunken.

Zweimal.

Adam wurde klar, dass Lianna trotz all der Täuschung in einem weiteren Punkt Recht behielt.

Er konnte es nicht ertragen.

Er begann zu zittern.

Irgendwo aus der Tiefe seiner Seele stieg ein Stöhnen auf, das vier Jahre lang unter der Trauer verborgen gewesen war. Es entschwand aus seinem Mund. Dann ein zweites und ein drittes.

Niemand reagierte darauf. Lianna und Ripley waren jetzt vermutlich schon auf der anderen Seite der Stadt.

Er blieb sitzen, bis er nicht mehr stöhnen konnte. Bis er kaum noch etwas fühlte.

Später – wie viel später? Fünf Minuten? Zwei Stunden? – hielt Adam vor Ripleys Haus.

Um sich bei ihm zu bedanken.

Um ihm zu sagen, wie sehr Adam ihn unterschätzt hatte.

Aber auch, um ihn um Rat zu bitten. Irgendwann würde Adam Lianna mit der Wahrheit konfrontieren müssen. Unter vier Augen. Und Ripley wusste, wie man das tat.

Er klingelte einmal an der Haustür. Noch einmal.

Schließlich hörte er innen Geräusche.

Die Tür flog auf. »Hey, was gibt's denn?«, rief eine vertraute Stimme.

Adams Kehle schnürte sich zusammen. Er versuchte zu reden, doch er brachte keinen Ton heraus.

»Adam? Ist irgendwas passiert?«

Adam schluckte schwer und blinzelte mit den Augen.

Dann hob er den Kopf und sah in das Gesicht seines Freundes.

In Edgars Gesicht.

Ich hätte es ihm nicht zugetraut.

Manchmal braucht man nur
ein bisschen Vertrauen.

18

Die Möbel. Der Perserteppich. Die Standuhr.

Alles war wieder da.

Edgars Sachen.

Edgars Haus.

»He, Erde an Adam, kannst du mich hören?«, fragte Edgar.

»Wo ist Ripley?«, forschte Adam.

»Was für ein Ripley?«

»Du hast nicht – er hat nicht – aber Lianna hat dich doch *umgebracht*!«

Edgar sah ihn befremdet an, dann rief er über die Schulter: »Hast du mich vielleicht umgebracht?«

Lianna kam aus der Küche; sie kaute an einem Kuchen. Sie trug ein Hockeyhemd. »Bring mich bloß nicht in Versuchung.«

Adam taumelte.

Ripleys Familie ist nicht hier eingezogen.

Weil Edgar überlebt hat.

Und Liannas Lüge auch.

»Adam?«, fragte Edgar. »Bist du okay?«

Adam schüttelte den Kopf. »Nein. Nein, ich bin nicht okay. *Nichts* ist okay. Edgar, erinnerst du dich noch an den Unfall vor vier Jahren? Auf dem Eis? Du – du solltest damals ertrinken!«

Lass es. Sein Tod ist nicht passiert, Adam.

»Soll das vielleicht ein blöder Witz sein, oder was?«, fragte Edgar.

»Kannst du dich noch daran erinnern, was damals passiert ist?« Adam zwang sich ruhig zu klingen.

»Du weißt doch, dass ich das nicht mehr weiß«, antwortete Edgar. »Ich hatte das Bewusstsein verloren, genau wie du. Traumatischer Stress oder wie sie das nennen.«

Adam sah Lianna an. »Was hast du ihm erzählt? Dass du mich *und* ihn gerettet hast? Dass du gleich zweimal eine Heldin warst?«

Lianna stöhnte. »Gott im Himmel, grab das doch nicht schon wieder aus! Okay, willst *du* dafür die Lorbeeren ernten? Bitte sehr.«

»Es ist eine gemeine Lüge«, sagte Adam. »Du warst diejenige, die sich mit Edgar gestritten hat. Du hast ihm mit einem Hockeyschläger auf den Kopf geschlagen.«

Lianna wurde blass. »Wer hat dir diesen Schwachsinn erzählt?«

»Und dann, als wir im Eis eingebrochen waren, bist du bloß stehen geblieben und hast zugesehen. Du hast gar keine Hilfe geholt. Nach einer Weile hast du angefangen zu schreien – das muss jemand gehört haben. *So* sind wir gerettet worden. Wie praktisch für dich, dass Edgar und ich uns nicht mehr daran erinnern konnten.«

»Es war keiner da, Adam. Keiner, der so was hätte sehen können!«

»Ich war da, Lianna. Ich habe es gesehen.«

»Klar doch.« Lianna stieß ein merkwürdiges, schrilles Lachen aus. Dann wich sie in Richtung Tür zurück. »Soll das vielleicht so eine verdrängte Erinnerung sein, die dir im Traum gekommen ist? Das ist doch albern, Adam. Du verletzt mich.«

Edgar sah von Adam zu Lianna. »Wo gehst du hin?«

»*Er* ist der Lügner, Edgar!« Lianna schluckte schwer. Ihre Augen huschten hin und her. »Du hast dafür keine Beweise, Adam.«

»Hast *du* welche?«

»Ich bleibe nicht hier, um mich beleidigen zu lassen!« Mit diesen Worten rannte sie aus dem Haus.

Adam unterdrückte den Wunsch, sie aufzuhalten.

Lass sie erstmal gehen.

»Erinnerst du dich wirklich daran?«, fragte Edgar voller Zweifel.

Adam nickte. »Es gibt vieles, worüber wir reden müssen.«

Unter ihnen schlug die Haustür mit einem Krachen ins Schloss. Edgar ließ sich aufs Bett sinken. Gedankenverloren. Verwirrt.

Vielleicht ist es am besten, es einfach so stehen zu lassen.

Es sterben zu lassen.

Quietschende Reifen ließen Adam zusammenzucken.

Edgar und er rannten ans Fenster.

Das Erste, das Adam sah, war ein Hockeyhemd.

Liannas Hemd.

Sie lag mit dem Gesicht nach unten auf der Straße.

Ein Auto hatte eine Vollbremsung gemacht und stand jetzt quer auf der Straße.

Ein grüner Volvo.

Schreiend riss Liannas Großmutter die Fahrertür auf.

»Oh Gott«, murmelte Adam.

Edgar war schon zur Tür hinausgerannt. »Wir müssen ihr helfen!«

Adam folgte ihm.

Es war das Mindeste, was er tun konnte.

WATCHERS
Aktenzeichen: 6791

Name: Adam Sarno

Alter: 14

Erste Kontaktaufnahme: 54.35.20

Aufnahme: JA